JN287041

Illustration©Kyoko Aiba

Tiara Label

ティアラ文庫

Baby Doll

義父と義兄に奪われた夜

仁賀奈

presented by Nigana

プランタン出版

イラスト／相葉キョウコ

目次

※本作品の内容はすべてフィクションです。

プロローグ　大富豪兄弟の気まぐれ

——十三年前。

まだ三歳だったある日。とつぜん自分を取り巻くすべての環境が一変した。

マリアンが、ヴィオレート国一番の大富豪兄弟に引き取られた日のことだ。

その日、母はいつも以上にめかし込んで念入りに化粧をし、どこか落ち着かない様子で自分を連れて辻馬車に乗り込んだ。

「……」

馬の蹄《ひづめ》と車輪が回る音だけが、車内に響いてくる。

昨日までは面会予定である相手との出会いや資産の額などを、母は一方的に捲《まく》し立てていたのに、今日に限って、なにも告げようとはしない。静けさに落ち着かなくなって母を窺う。

心なしか強張《こわば》った表情を浮かべていることに気づき、声をかけるのは躊躇《ためら》われた。

一週間の間、マリアンは数々の男のところを連れ回されてきた。だが、母がこうして馬車のなかで一言も話さなかったのは初めてだ。

辻馬車は郊外へと向かい、さらに奥に広がる森を抜けた先に、高い鉄柵に囲まれた厳重な門が姿を現した。どうやらここが目的の邸《やしき》の入り口らしい。

相手と面会の約束をしていなかった母は、遠縁であることを笠にきて門番に連絡を取らせ、当主に会う算段をつけた。貴族の娘らしからぬ身勝手な行為だ。騒ぎ立てる母の話を馬車のなかで聞いていたマリアンは、顔から火を噴きそうなほど恥ずかしかった。

門を通ることを許されて、馬車は走り続ける。だが、建物らしきものは見当たらない。見れば見るほど呆気にとられてしまう。これほど広大な敷地を持つ邸宅にやって来たのは初めてだった。

最初の門を潜ってから、第二の門に辿《たど》り着くまで、さらに時間を要した。

マリアンは馬車の窓からずっと外を眺めていたのだが、山沿いを走り、厳重な警護の門を計三つ潜り、湖にかかった橋も渡ってきた覚えがある。敷地ひとつでいくつもの村が入りそうなほどの驚愕する広さだ。そうしてようやく、豪壮な邸が姿を現した。

「こんなお邸があるなんて、信じられない……」

王宮すらも凌駕《りょうが》するのではないかと思われるほどの壮麗で威厳のある造りだ。左右両翼に棟が広がる邸は、正面に艶《つや》やかな大理石の柱が並ぶ玄関ホールがあり、天井も壁も精緻な彫刻で飾られている。一歩足を踏み入れれば、さらに別世界だった。真っ白い壁に、フレスコ画の描かれた天井、そして、いくつもの眩《まばゆ》いシャンデリア。磨き抜かれた石階段や踊り場の大鏡。まるで夢のなかにいるのではないかと疑うような豪奢《ごうしゃ》さだ。

　マリアンは、自分たちの場違いさに足がすくみそうになる。

「ブレンダン様は応接間でお会いになられるそうです。こちらへどうぞ」

　貴族の邸では、優秀で見目の美しい使用人を雇うことがステータスになっていた。この邸の使用人たちの、礼節のある立ち振る舞いは格別なものだ。マリアンが過去に訪れたことのあるどんな邸の使用人たちよりも洗練されている。

　母に連れられてやって来たこの邸は、大富豪と誉れ高いレイン公爵家だと聞いている。

　レイン家の先々代は、セルフィア海の油田開発で石油利権を掌握《しょうあく》し、その後も紡績、工業、交易など、ありとあらゆる業界に手を広げて、国家予算を凌駕するほどの財をなしたらしい。事故で急死した父の跡を二年前に継いだ現当主ブレンダンは、二十歳と年若い身でありながらも、政財界を牛耳るほどの実力者なのだという。

　そんな男を相手に、母は無茶を言おうとしているのだ。相手が悪すぎることは、幼子《おさなご》であるマリアンにすらわかった。『やめておいた方がいい』と忠告したくても、聞き入れてくれるような母ではない。

マリアンはおろおろとしながらも、おとなしく付いて行くしかなかった。

フットマンの案内で、母と一緒に応接間に通された。その部屋も目を瞠《みは》るほどの絢爛《けんらん》な部屋だった。重厚な革張りのソファーに腰かけ、邸の主人であるブレンダン・レインの訪れを待つ。だが、邸を訪れてから一時間を過ぎても、彼は一向に姿をみせようとしない。

「いいこと。この男が最後よ。もしも拒否されたら、あんたのことは娼館に売り払うか、どこか邸へ小間使いとして押しつけるしかないんだから。せいぜい気に入られるように、頑張るのね」

母は苛立たしげに爪を齧《かじ》りながら、マリアンに言って聞かせる。

この一週間、母に連れ回されてマリアンは、日に何人もの父親候補に会わされては拒絶されてきた。今日はついに最後のひとりになったらしい。

娼館とは、男性のお客を相手に、身体を使って奉仕する場所だと聞いていた。どんなことをするのか詳しいことは解らないが、気持ちいいことをして、綺麗なドレスを着せてもらえて、おいしいものを食べさせてくれる楽園のような場所なのだという。しかし、マリアンは贅沢《ぜいたく》な暮らしなんて望んではいない。貧しくてもいいから、母の傍にいたかった。

母は酒や男に依存して、誰もが眉を顰《ひそ》めるほど享楽的に生きている。それでも母はマリアンにとっては、たったひとりの家族だ。だが、離れたくないと切望しているマリアンを、母は無残にも捨てようとしていた。

マリアンは、暗い気持ちで俯《うつむ》いて唇を噛《か》む。国一番の大富豪が、父の名乗りなどあげてくれるはずがない。きっと無下《むげ》に追い返されることになるだろう。これからは会ったこともない大人たちに囲まれ、母のいない場所でマリアンはたったひとりで生きていくことになるのだ。想像するだけで、涙が滲《にじ》んでくる。

ここで涙を零せば、母はきっとマリアンを平手打ちするに違いない。最近母は気に入らないことがあると、憂《う》さを晴らすかのように暴力を振るうようになった。

まだお金が稼げないマリアンがいるせいで生活費が嵩《かさ》んで、苦労をかけてしまっているからだろう。

いい子にしなければ。母の気に入るようにしなければ。涙を堪《こら》えなければ。

すべては、なんの役にも立たないうえに、気の利かない自分が悪いのだから。

いい子にしていれば、母は機嫌を損ねないでくれるはずだ。

マリアンは息を止めるようにして、無理に涙を堪える。だが、胸が押しつぶされそうなほど辛い気持ちは消せず、ぶるぶると身体が震え始めてしまう。

必要に迫られて家事を手伝うようになってはいたが、マリアンはまだ三歳だった。捨てられるのが解っていて、冷静でいられない。どれだけ理不尽な扱いをされても、母の傍にいたかった。しかし、『捨てないで』という言葉が伝えられない。

母は侯爵令嬢であるにも拘らず、相手の判らない子であるマリアンを孕《はら》んだ。そのせいで家名を穢《けが》さぬように侯爵家から追い出されたらしい。その際に祖父から渡されていた膨大な金を使い果たして、生活に窮している。

そんな母には最近新しく男ができた。彼と一緒に住むためにも、娘のマリアンが一緒では邪魔なのだという。養育費と称してお金を手にして、ついでに煩わしいマリアンを押しつけるために、母はこうして昔関係した男の邸を回っているのだ。

「なによ、その顔は。文句があるなら、はっきり言えばいいじゃない」

涙を浮かべたマリアンの様子に気づいた母が、苛立たしげに言い放つ。

「……べ、別に……なにも……」

誤魔化そうとすると、母はいっそう苛立ったらしかった。

「バカにしてっ！　どうせ、心の中ではこんな母親と一緒にいたくないと思ってるくせに」

マリアンはそんなことを考えていない。だが最近の母は、前よりもお酒に依存するようになっていて被害妄想が激しい。一度苛立つと、マリアンがどれだけ否定しても、怒りの火に油を注ぐ結果にしかならない。

「いい子にするから叩《たた》かないで……、……お、お願い……、あっ！」

懸命な訴えも虚しく、母が勢いよく手を振りかざした。しかし殴られる寸前で、応接間の扉がノックされる音が響いた。

母は振りかざしていた手を、素早く自分の膝の上におくと、なにごともなかったように作り笑いを浮かべた。

「愛想よくして。あと、ぜったい余計なことを言うんじゃないわよ」

小声で耳打ちされて、マリアンは微かに顔を俯かせた。

ほどなくして、ひとりの男が姿を現した。すらりとした背の高い青年だ。

彼は仕立ての良い杉綾織《ヘリンボーン》のラウンジスーツを身に纏《まと》った姿をしていた。

来客があることを一時間も前に知っていたのなら、通常なら礼儀としてフロック・コートに着替えているはずなのだが、そうしなかったのは、母とマリアンが招かれざる客だからだろう。不機嫌な表情を見れば、気持ちは充分推し量ることができた。

青年は艶やかな漆黒の髪をきっちりと纏め、高い鼻梁《びりょう》にサファイア色をした切れ長の鋭い瞳をしていて、筆で描かれたかのように麗しい眉に、薄く引き締まった唇を持っていた。うかつに近寄ることすらおこがましく思えるほどの秀麗な美貌《びぼう》だ。

鋭い視線がこちらに向けられ、マリアンは恐縮してしまう。そこに、低く艶やかな声が部屋に響く。

「このような格好で、すまないな。約束もなしに朝早くから訪れる者がいるとは思ってもいなかったんだ」

どうやらこの青年が、母が待ちわびていた相手であるブレンダン・レインらしい。

彼は、ちくりと棘《とげ》のある言葉を放つが、母はまったくめげる様子もない。

「忙しいあなたにこうして会えたんだから、格好ぐらい気にしないわ。お久しぶりね。相変わらず、なにを着ていても素敵よ」

　立ち上がった母は、軽やかな足取りでブレンダンに近づくと、彼に身を寄せた。

「三年前の舞踏会の夜を覚えてる？　実は、あの時に子供ができていたの。あなたの子よ」

　母は平然と嘘を言って、ちらりとマリアンに視線を向ける。

　マリアンは今年で三歳になる。三年前なら、もうこの世に生を受けている。彼の子であるわけがないのだ。

「三年前の舞踏会？　ああ、覚えているとも」

　皮肉気に口角をあげてブレンダンは笑ってみせる。棘《とげ》がある表情を浮かべても、彼の美貌はまったく損なわれない。それどころかいっそう人を惹《ひ》きつけるなにかを感じさせる。

「人ごみに辟易《へきえき》として別室で休んでいた私のもとに、君が裸同然の姿で押しかけてきたときのことだな、ロサリア」

　自分の母の犯した恥ずかしい行為を、聞いていられなくて、マリアンは真っ赤になって俯くしかない。

「泥酔した君は、勝手にベッドを占領して嘔吐した挙句に、私に無理強いをされたと喚《わめ》き立てた。しかし、あの部屋には直前まで、私を心配した令嬢やメイドたちが居座っていたので、代わりに身の潔白を証明してくれたと記憶しているな」

どうやら酒に酔っていた母は、ブレンダンと関係を持ったかどうかすら、記憶があやふやだったらしい。

「君は勘当されたようだが、グリムレット家は私の義母の生家でもある。血は繋《つな》がらずとも親戚のよしみで、あの夜は見逃し、今日もこうして時間をとってやったが……。言いがかりをつけてまだ騒ぐようならば訴訟を起こさせてもらう。それでも話を聞いて欲しいなら、私の弁護士の連絡先を教えよう。知らぬようなので教えてやるが、……私はとても忙しい。酔っぱらいの戯言《たわごと》につき合う時間などない。今すぐにお引き取り願おうか」

母は悔しげに歯を食いしばると、マリアンをキッと睨《にら》みつけてくる。交渉は決裂したらしい。母は、詐欺まがいのことをしているのだから、反論されて当然だといえる。

どうやら最後の父親候補にも断られてしまったようだ。

マリアンはこのまま、娼館という場所に売られることになる。どんなことをすればいいのかも、わからない場所だ。母のもとを離れることも堪えがたい。マリアンがアメシスト色をした大きな瞳を潤ませながら俯いていると、応接間の扉がふたたびノックされる。

「入れ」

ブレンダンは苛立《いらだ》ちを隠そうともしない声で答えた。すると、天使のように愛らしい少年が笑顔を浮かべて部屋に入ってくる。彼は紅茶やお菓子が載ったワゴンを押していた。

「人払いをしていたようだけど、なんだか込み入った話をしているようだから、お茶を用意したんだ。幼い女の子もいるんだし、少しは落ち着いたらどうかと思って」

少年は柔らかくカーブした少し長めのキラキラしたブロンドに潤んだ美しいエメラルド色の瞳をしていた。その容姿は宗教画に描かれる天使のようで、少女とも見紛うほどの中性的な少年だ。

穏やかな眼差し、弓なりの眉、透けるように白い肌と、少し厚めの赤い唇。声変わりの前の高い声は、鈴を転がすように愛らしい。

「こんな奴に茶など必要ない。もう引き取ってもらうところだ」

ブレンダンは、ふんっと鼻息を荒くすると顔を背けた。

「兄さんはそれでいいかも知れないけれど、小さなレディが怯《おび》えて泣きそうになっているじゃないか。あなたたちが喧嘩するのは構わないけど、醜い言葉を交わして幼い子を傷つけるなんて、レイン家の恥だと思うよ」

少年は呆れた様子で、ブレンダンに忠告する。

「ジェイラス。話をややこしくするな。お前は関係ない」

ブレンダンは忌々しそうに言い返した。だが、ジェイラスと呼ばれた少年は、意にも介さずに、マリアンに芳《かぐわ》しい香りのする紅茶をカップに注いで、手渡してくれる。

「邸に来た相手は誰であろうと、レイン家の人間として、最低限のもてなしはしておかないと、亡くなった父さんだって、そう言っていただろう」

ジェイラスは慣れた手つきで、ストロベリー&バナナスプリット・パイをサーヴしてくれる。ヴァニラアイスクリームにホイップした生クリームがのせられていて、バタースコッチソースがたっぷりとかけられたパイだ。

「小さなレディ、甘い物は好き?」

「うん、だいすき」

マリアンがこくりと頷くと、ジェイラスは髪を撫《な》でてくれて、花が綻《ほころ》ぶかのような笑みを向けてくる。なんだか本物の天使が目の前に現れたのではないかと思えてくるほどの美しさに、マリアンは目を瞠った。彼の優しい微笑《ほほえ》みを見ていると、委縮していた心や体が解けていく気がした。

「食べさせてあげるよ。はい、あーんして」

言われた通りにマリアンは桜色の唇を開く。

「あーん」

フォークに刺したパイが口腔《こうこう》に入れられると、とろけるように甘くて冷たい感触が、口のなかでほどける。

サクサクのクラストと、ふんわりとした生クリーム、そして風味豊かな甘いヴァニラアイスが口のなかで溶け合う。甘酸っぱいストロベリーや熟れたバナナがアクセントになっている。とてもおいしいパイだ。マリアンは思わず口元を綻ばせた。

「とってもおいしい。……ありがとう」

震える声でお礼を言うと、ジェイラスは手で自分の口元を押さえながら破顔する。

「か、……かわいいっ！　すっごくかわいいね。瞳も髪もキラキラしてるし、表情も愛くるしいし、なんだか、天使みたいだ」

天使のように美しい少年に、そんな風に言われると複雑な気持ちだった。からかわれているのだろうかと思い、マリアンは首を傾げる。

マリアンのプラチナ色をした髪は遠目に見ると真っ白で老人のようだと母に蔑《さげす》まれている。アメシスト色の瞳は珍しいため、父親を探す妨げにしかならないらしい。

いつもは疎まれてばかりの瞳や髪を褒められたのは初めてだ。

顔は、愛くるしいどころか、見ているだけで腹立たしいと、母に殴られることも多い。

考えれば考えるほど悲しくなってしまって、マリアンはしょんぼりと俯いてしまう。

「名前を聞いてもいいかな？」

「……私は、マリアン」

マリアンが舌足らずの声で答えると、少年は自己紹介してくれた。

「僕はジェイラスだよ。よろしくね」

彼はマリアンの小さな手を取って、きゅっと握手してくる。

ジェイラスは好奇心いっぱいのキラキラした眼差しで、マリアンを見つめていた。なんだか居たたまれなくて、頬《ほお》を染めて俯く。すると、ジェイラスがブレンダンたちを振り返って言った。

「こんな愛らしい子みたことないよ。ねえ、この子、……僕にくれないかな」

興奮した様子で呟くジェイラスの言葉に、部屋のなかがシンと静まり返る。

「従姉弟《いとこ》のよしみでさ、ロサリア。この子を僕に譲ってよ。ちゃんと育てるから。いいよね。いらないから、聞くに堪えない嘘を吐《つ》いてまで、押しつけにきたんでしょう？」

「……な……」

笑顔のまま身も蓋《ふた》もない問いかけをするジェイラスに、さすがの母も唖然《あぜん》として黙り込んでしまっていた。

「……ふむ」

ブレンダンは、マリアンを値踏みするような眼差しで、じっと見つめてくる。

恐ろしいのに、なぜか目を逸らすことはできなかった。陰のあるサファイア色の瞳が、あまりに美しかったからかもしれない。

しばらくブレンダンとマリアンは見つめ合っていたが、ふいに彼の方が、目を逸らした。

「いいだろう。私が君の娘を買い取ってやる。その代わり、ロサリア。二度とこの子にはかかわらないと、誓約のサインをしてもらう」

ブレンダンの提案に、母は大喜びで飛びついた。自分の実の娘をお金と引き換えにしようとしているのに、躊躇《ちゅうちょ》も迷いも抱いているようには見えない。

母にとって自分はいらない荷物で、欠片《かけら》も愛情を抱かれていなかったのだ。そのことを苦しいぐらいに思い知り、マリアンはただ呆然としていた。

「マリアン。ご厚情に感謝して、おふたりに誠心誠意尽くすのよ」

母は小切手を受け取ると、嬉々として一度も振り返ることなく去って行った。

部屋にポツンと残されたマリアンに、ブレンダンが声をかけてくる。

「母と君を引き離したことを恨んでいるかもしれないが、扉の外にまで彼女の罵倒《ばとう》が聞こえていたからな、勝手ながら引き取らせてもらうことにした。ああいった女の暴力はときとして娘を死に至らしめることがある。それだけは理解しておけ」

驚くことに彼は部屋に入ってくる前に、母とマリアンの会話を廊下で聞いていたらしい。

「いいの。お母様は、私を誰も引き取ってくれなかったら娼館というところに売るか、どこかの邸に小間使いに出すと言っていたから……」

どちらにしろ母とは一緒に暮らせなかったのだ。ブレンダンに感謝することはあっても、恨む道理などない。

「娼館だと？　実の娘をそんな場所に売るつもりだったのかっ！」

激昂《げっこう》するブレンダンの様子を見ていると、どうやら娼館という場所は、母に聞いていたような楽園のような場所ではなかったらしい。

「我が不肖の従姉ながら最低だね」

隣で話を聞いていたジェイラスも肩をすくめる。

「もう大丈夫だよ。マリアン。今日からうちの家族として歓迎する。兄さんとふたりなんてむさくるしくてしょうがなかったんだけど、これからは潤いのある生活ができそうだね」

ジェイラスは笑顔でマリアンに手を差し伸べてくれた。

「君ひとり増えたところで、我が公爵家の家計が傾くことなどない。自由に生活するといい。なにか必要なものがあれば、用意しよう。それで問題ないな」

ブレンダンもマリアンを使用人ではなく家族として受け入れてくれるつもりらしい。

「お世話になります」

ペコリと頭をさげると、ブレンダンも頬を撫でてくれた。マリアンは、ふたりのぬくもりに戸惑い、俯くしかできなかった。

＊＊　＊＊　＊＊

そうして彼らと暮らすことになったのだが、レイン家での生活は驚かされることばかりだった。

まず、あてがわれた個室は、母と一緒に住んでいたアパートメントよりもずっと広い。

居候《いそうろう》の部屋だというのに、家具は大理石の大きな暖炉、ダマスク織の壁布、黒檀に鼈甲《べっこう》細工《ざいく》の飾りが施されたキャビネットやチェスト、寝室は別室になっていて大人が何人も同時に眠れそうなほどゆったりとした天蓋《てんがい》のあるオークベッドが置かれていた。部屋には浴室や洗面所まであって、与えられた部屋だけで家族が暮らしていけそうなほどなにもかも完備されている。

夕食は前菜からデザートまでの食べきれないほどのフルコース。飲み物はどんなものでも頼めると聞いた。今までは一日に一度か二度、パンとスープが与えられるだけだったマリアンにとっては、違う世界に迷い込んだのではないかと疑うほど豪勢な食事だった。

とつぜんやって来た居候のために、ブレンダンとジェイラスは、下着など一揃いの他に、ドレスやネグリジェなど、数々の衣装も用意してくれた。

「やっぱり既製品はしっくりこないね。身体に合わせて作らせないと」

「これぐらいの年の娘は、すぐに背が伸びるのではないのか。作らせている間に、背が伸びるかもしれんぞ」

「一日二日で仕上げるように、急《せ》かしたらどうかな」

「それでは質がさがるだろう。無意味だ」

食事の席で、真剣にマリアンの服について話し合うふたりを、じっと見つめる。

「どうしたの？　口に合わないなら、すぐに作り直させるよ。食べたいものがあったら、なんでもメイドに言っておけばいいからね」

マリアンは、あまり多くの種類の料理を食べたことがないので、改めて言えるものも好物もなかった。

「……このお邸の料理は、なんでも……、おいしい……」

消え入りそうな声で答えると、ブレンダンがじろりと責めるような眼差しを向けてくる。

「もっとはっきり話せ。聞こえない」

恐ろしさに震えあがってしまい、マリアンは俯いてしまう。

「ごめんなさい……」

怒られたばかりなのに、怯えのせいか、ますます声が掠《かす》れていた。

ブレンダンを怒らせてしまった。どうしたらいいのだろうか。母は男のもとに行ってしまった。ここを追い出されたら、マリアンに行くあてなどない。不安のあまり涙が零れそうになった。

「兄さん。だめだよ。ちゃんと聞こえたくせに、大声を張り上げないでよ」

ジェイラスはブレンダンを諌《いさ》めると、マリアンの隣にやって来て顔を覗《のぞ》き込んでくる。

「怖かったよね。でも大丈夫。あの人はちょっと神経質なだけだから怖くないよ。口うるさいクマの置物だとでも思っていればいいから」

「誰がクマだ。ふざけるな」

ブレンダンはムッとして、眉を顰める。そんな表情を浮かべても、やっぱり整った面立ちは崩れない。あんな綺麗な青年が、クマだなんて思えるわけがなかった。

「あの人はクマじゃない。悪いのはちゃんと喋《しゃべ》れなかった私なの、ごめんなさい」

プルプルとマリアンが首を横に振ると、ジェイラスは頭を撫でてくれた。

「あんないじわるな男を庇《かば》うなんて、マリアンは優しいね。いい子いい子」

こんな風に頭を撫でられて褒められたのは初めてだった。嬉しさに思わず顔が綻ぶ。

「うーん、やっぱりかわいいな。ぎゅってしてあげたくなるよ」

ジェイラスが微笑みながら、マリアンの頬をくすぐってきた。

「頬もすべすべで気持ちいい」

「……ん、んっ」

くすぐったさに首をすくめていると、ブレンダンが見かねて忠告してくる。

「飼い猫でも触り過ぎると嫌われるらしいぞ。それぐらいにしておけ」

マリアンは猫ではない。泣きそうになりながら俯いていると、ジェイラスが額に口づけてきた。

「ごめんね。いくらかわいいからって、レディに一方的に触れるなんて失礼だよね。あっ、でも僕と一緒にお風呂に入ろうか。ひとりじゃまだ無理だよね」

男の人と一緒にお風呂になんて入ったことのないマリアンは目を丸くしたまま、言葉を返せない。確かにボイラーの使い方はよく解らないが、躊躇せずにはいられなかった。

「メイドに手伝わせる。お前の手は必要ない」

ブレンダンの助け船に、マリアンはホッと息を吐く。

「ええー。残念だな。僕の手で綺麗にして髪を拭《ふ》いてあげたかったのに」

ジェイラスは心から残念そうにしている。どうやら彼は、かなりの世話焼きらしい。

マリアンは母にすら関心を持たれたことがない。赤の他人であるジェイラスが尽くしてくれようとしてくれている理由が解らなくて困惑してしまう。

「諦《あきら》めろ。なんでも手伝ってやっていては、自分でなにもできなくなる。手を出すのは必要最小限にしろ」

ブレンダンは見た目も言動もかなり厳しそうに見えるが、マリアンのことをちゃんと考えてくれていたらしかった。

「なにもできなくても、一生僕がなにもかもしてあげればいいだけじゃない。ねぇ？　マリアン」

「……え？」

一生とは、どういう意味なのだろうか。マリアンはずっとここにいてもいいのだろうか。

マリアンは意味が解らず首を傾げた。

「よくない。その娘は私のものだ。生涯まとわりつくつもりなら、今からでも駆除させてもらう」

とつぜん所有権を主張され、マリアンは目を瞠った。しかし、ブレンダンが母にお金を払っていたことが思い出される。

ブレンダンの言う『私のもの』とは、彼が買ったという意味で、庇ってくれているわけではないのだと遅れて気づく。

「かわいい弟にひどい言い様だな。まったく兄さんは」

ジェイラスはやれやれといった様子で肩をすくめた。

「お前は自分の認識に少々間違いがあるようだな。後日、曇らない鏡をお前に贈ってやる」

ブレンダンも皮肉気に言い返す。喧嘩をしているように見えたが、これでもマリアンが来てから和やかになったのだと、メイドがこっそり教えてくれた。

食事が終わると、マリアンはメイド頭の手伝いでお風呂に入らせてもらって、就寝することになった。しかし、広すぎる部屋の中央でポツンとベッドに横たわっていると、次第に悲しくなってくる。

今頃母は、マリアンというやっかいなお荷物がいなくなって、せいせいしているのだろうか?

大金を受け取り、二度と娘には会わないという書類にサインする姿に、まったく躊躇いはなかった。

母にさえ必要とされないのなら、マリアンなんて生まれてこなかった方がよかったのだ。誰にとっても邪魔な存在。きっと、マリアンを押しつけられたレイン家の人たちも、迷惑をしているに違いない。

母と住んでいたアパートメントで、毎日マリアンは椅子の上にのぼって、足元をぐらつかせながら食器洗いをしていた。あのとき、うっかり手を滑らせて皿を割ることがなければ、母に見捨てられることはなかったのかもしれない。

水を汲《く》んで桶で運ぶときに、いつも持ち上がらずに零してしまっていた。あと少し、身長があって力があったなら、床を濡《ぬ》らさずに済んだ。そうすれば、母はマリアンとお金を引き換えにしないでくれただろう。

洗濯物も、掃除も、ありとあらゆることを手伝ったが、すべてうまくいかなかった。まだ三歳でしかないマリアンの手は小さく、力も大人には遠く及ばないからだ。

じっと手を見ると、あかぎれだらけでところどころ皮が捲《めく》れていた。

この手を見るたびに母は眉を顰めて、「汚らしい」と蔑《さげす》んでいたことが思い出される。マリアンが傷のない美しい手をしていたら、不愉快な存在だと思われずに済んだのかもしれないのに。

――だが、ついに恐れていた日がやってきた。

マリアンは母に捨てられたのだ。広く静かな部屋にポツンと寝転がっていると、そのことを深く思い知る。同時に、嗚咽《おえつ》が込み上げてきた。

「……うぅ……、ふぁ……っ、あ、あぁ……」

マリアンが泣いていると、いつも母が暴力を振るってきていた。しかし今は、広い部屋のなかには誰もいない。泣いていても、気づかれることはないのだ。そう思うと、涙が堪えられなくなってしまう。

「う……、ひく……っ」

ひとり小さく縮こまりながら、ベッドの枕に突っ伏して啜《すす》り泣いていると、ふいに部屋の扉をノックする音が響く。

「……？　は……、はい……」

手の甲で濡れた瞼《まぶた》をごしごしと擦《こす》って返事をした。いったい誰だろうか。

「入るぞ」

やってきたのは、レイン家当主であるブレンダンだった。彼は不機嫌そうな顔で、マリアンの寝室に入ってくる。

「泣き声が聞こえると思ったら、やはり君か」

こんな広い邸なのに、音が他の部屋にまで響くとは思っていなかった。

「……ごめんなさい、ごめんなさいっ。うるさくしてごめんなさい」

マリアンは懸命に謝罪しながら、首をすくめる。

「私の書斎はこの部屋の隣だ、ベランダも続いているからな。微かに声が聞こえただけだ。君が騒がしかったわけではない」

ブレンダンは硬質なサファイア色の瞳で、無表情のままマリアンを見つめていた。

「……っ」

静けさのせいで、いっそう恐ろしさが増してくる。

母ですら気に入らないことがあると、マリアンに暴力を振るっていた。他人であるブレンダンも、マリアンを殴るに決まっていた。大人の男の人の力は強い。

母の男に殴られたこともあったが、あまりの痛みに息が止まってしまいそうになったことは忘れられない記憶だ。その後、熱を出したあげくに、殴られた場所は何日も痛みは引かなかった。

「ごめんなさい……、泣いてごめんなさい……」

マリアンは大人の男の人に殴られた痛みを思い出して、ガタガタと震え出してしまう。

「怯えなくていい。私は怒っているわけではない」

ブレンダンはそう言うと、ひょいっとマリアンの小さな身体を抱き上げる。思いがけず優しく抱きしめられ、驚きのあまり涙も震えも止まってしまった。

ブレンダンの身体から漂う濃密で甘い香りが鼻孔《びこう》をくすぐる。とてもいい匂いだ。

「怖い夢でも見たのか？　それとも淋《さび》しくて泣いていたのか？」

　ポンポンと背中を優しく叩かれると、緊張が解けていく。

「……私が、ダメな子だから……、お母様に、ひくっ……捨てられて……」

　説明しようとすると、また涙が零れそうになる。

「それで泣いていたのか。解った。もう言わなくていい」

　ブレンダンにため息交じりでそう言い返され、マリアンは首を傾げながら、じっと彼を見つめた。

「子供がそんな瞳で見るんじゃない。……その濡れたアメシストの瞳に見つめられると、なんでも言うことを聞いてやりたくなる。まったく末恐ろしいものだな」

　どうしてマリアンが怖いなんて言うのだろうか？　理解できずに首を傾げていると、そっとベッドに戻された。

　まだ傍にいて欲しくて、マリアンはブレンダンのシャツの袖をきゅっと掴《つか》んでしまう。

「今夜は隣で寝てやろう。買ったものを無責任に放置するのは、主義に反する」

　ブレンダンはそう言ってマリアンの隣に身体を横たえて、腕枕をしてくれる。

　彼は恐ろしげな外見に似合わず、とても温かい人物だった。こんな人が、本当の父だったのなら、どれほど幸せだっただろうか。ブレンダンならば、マリアンを殴ったり罵倒《ばとう》したりしない。彼の温もりにそう確信した。

「さあ、今度はちゃんと眠るんだ。役に立たない人間が嫌だと言うなら、私が立派なレディにしてやる。だから、あんな身勝手な女のことは忘れろ」

たまに一日や二日食事を忘れられることもあったが、母にも優しいところはある。

破れたスカートを『みっともない』と言って縫ってくれたこともあるし、隣のおばさんから譲られた葡萄《ぶどう》ジュースを飲ませてくれたこともあった。

そんな取り留めもない話を、ブレンダンに聞いてもらいながら、いつしかマリアンは眠りに落ちていった。

＊＊　＊＊　＊＊

翌朝になると、ふたりが眠っている寝室に、ジェイラスが飛び込んできた。

「メイドの話を聞いたときは、冗談じゃないかと思ったのに、本当だったんだね」

ブレンダンの胸にしがみつく格好で眠っていたマリアンは、まだ寝ぼけたままで、頭がぐらぐらしてしまっていた。

「ん……」

無理に瞼を抉《こ》じ開けようとするが、すぐに眠気に襲われる。

昨日は目まぐるしく色んなことが起きたので、すっかり身体が疲弊《ひへい》しているらしかった。

「うるさい奴は放っておいていい、もう少し眠っていろ」

マリアンの頭を優しく撫でながら、ブレンダンが囁《ささや》いてくる。

「……おやすみ……なさい……」

ブレンダンの温もりに顔を埋《うず》めながら、マリアンはふたたび眠りに落ちて行った。

「兄さんばっかりずるいよ。僕もこの子と眠りたい」

ジェイラスの拗《す》ねた声が、寝ぼけたマリアンの耳に微かに届く。

「私が買った娘だ。ペットが欲しいなら、他を当たれ」

「この子に失礼なこと言わないの。兄さんがなんて言っても、僕も今夜から一緒に寝るから。だいたい、兄さんは仕事があるんだから、子供が寝る時間に毎晩就寝できないよね？その間、この子はどうするの」

ブレンダンは言い返せずに、舌打ちしてみせる。

「はい、決まり。今夜からは三人で寝よう。いいよね」

そうしてマリアンが眠っている間に、レイン家では当主と次男と居候が同じベッドで寝ることが決まったのだった。

その日の朝食の席で、ジェイラスはおもむろに宣言した。

「マリアン。君はもう家族なんだから、遠慮しなくていいんだよ。僕のことは、お兄ちゃんって呼んでくれて構わないから」

そうは言われても、ジェイラスは天使のように美しく気品がある。気安く『お兄ちゃん』なんて呼べそうになかった。

「……お、……お兄様……」

躊躇いがちに答えると、彼は勢いよく自分の席を立ってマリアンに近づき、頬ずりしてくる。

「ああもうかわいい、本当にかわいい。ぎゅうってしたくなるよ」

ジェイラスに腕を回され、抱きすくめられそうになっていると、ブレンダンが忠告してくる。

「幼児の虐待はやめろ。圧死させる気か、その汚らわしい手を放せ」

ジェイラスが兄なら、ブレンダンのことはなんと呼べばいいのだろうか。ふとそんなことを考えていると、気持ちを汲み取ったジェイラスが口を挟んでくる。

「あの人のことは、父代わりだと思えばいいから」

「……お父様……」

ブレンダンのような優しい父が欲しいと、昨晩考えていたばかりだった。思わずマリアンの顔が綻ぶ。

「どうして、兄さんを呼ぶときの方が嬉しそうな顔になるの？」

ジェイラスはふて腐れてしまい、ブレンダンは呆気にとられている様子だった。

「おい、私は君の父ではない」

「それじゃあ、お母様って呼ばれたい？」

冗談めかしてジェイラスは、ブレンダンに尋ねる。

ブレンダンは父と呼ばれることを不服に思っているらしかった。

やはりマリアンのような不出来な娘など、誰もいらないのだ。落ち込んだマリアンはしょんぼりとしてしまう。

「そんな顔をするな。……私のことは、君の好きに呼べばいい」

こちらを一瞥《いちべつ》した後、ブレンダンは新聞を読み始める。

「いいんだって。よかったね。今日からは僕が兄さんで、あの人が父さんだからね。いい？」

マリアンは大きく頷《うなず》く。

「うん」

ジェイラスはよしよしと頭を撫でてくれた。こんなにも人の温もりに触れたのは、初めてだ。殴られるとき以外は、人に触れられることなどなかったマリアンは彼らの優しさに戸惑いを隠せない。

「今日はなにをしようか。マリアンはどんな本が好き？」

「……わからない」

マリアンは字が読めなかった。誰も教えてくれなかったからだ。だから本を読んだこともない。居たたまれなくて俯いていると、ジェイラスが優しく尋ねてくる。

「文字は読める？」

　プルプルと首を横に振ると、ジェイラスは呆れた様子もなく、深く頷いた。

「そっか、じゃあ僕が教えてあげる。そうすれば、色々な本が読めるようになるよ」

「ありがとう……でも、いいの？」

　出会ったばかりの相手に、面倒な真似をさせるのは躊躇《ためら》われた。

「僕たちは家族になったんだって言ったよね。もう忘れたのかな。……マリアンは僕と仲よくなるの、嫌？」

　悲しげに呟かれては、否定するしかなかった。

「ううん。……仲よくしてほしい」

「じゃあ、今日からは僕といっぱい勉強しようね」

　ジェイラスはマリアンに微笑みかけてくれる。嬉しくなってマリアンが笑顔を浮かべると、そこにブレンダンが口を挟む。

「家庭教師が必要なら、いくらでも用意させる。私はその子供に、立派なレディにしてやると約束したからな」

「この年の子にはまだ早いの。まったく兄さんは思い遣《や》りや情緒ってものがないよ」

　やれやれといった様子で、ジェイラスは反論した。

「私が三歳の頃には、十数人の家庭教師がついていたが？」

容易には信じられない話だ。それが真実ならば、ブレンダンはマリアンの年には一日中勉強していたことになる。

「建国以来の秀才って呼ばれている男と、まだ字も読めない女の子を一緒にしないでよ」

「ヴィオレート建国以来、知能の低い者しかいなかったと言っているも同然だろう。そんな馬鹿な話を言い出した奴は、どこのどいつだ」

「子供だった兄さんに『役立たず』と罵倒されて、追い出された学者たちだよ」

マリアンが呆気にとられていると、ジェイラスが顔を覗き込んでくる。

「大丈夫。あの人が無茶を言っても僕がなんとかするから、困ったことがあったらなんでも言うんだよ。兄さんは頭が良すぎて、人の気持ちに疎いんだ」

ジェイラスはマリアンを気遣いながら、ブレンダンに嫌味を言っているようだった。

「お前こそ家庭教師のプライドを滅茶苦茶にして何人も追い出しておいて、人のことを良く言えたものだな」

忌々しげにブレンダンも言い返す。

「彼らのことなら誤解だよ。間違っているところを、間違っていると言ってあげただけなのに、勝手に心が折れて出て行っただけだよ」

ジェイラスは大したことでもなさそうに肩をすくめた。

「『そんな簡単なことも間違えるような頭でも、学者になれるんですね』とお前が笑顔で尋ねたと報告が来ているが」

「本当のことだよね？　なにか間違ってるのかな」

　文字すら読めないマリアンには、雲の上の話のようだ。ここでやっていけるのか不安になっていると、ジェイラスが言った。

「僕たちがついているんだから、マリアンも直《す》ぐに、どんな本でも読めるようになるよ」

　レイン家には、数えきれないほどの本があるらしい。難しい本だけではなく、恋愛小説や冒険譚まで多種多様なものがあるのだという。それらを読めるようになったのなら、どれほど楽しいだろうか。

「……がんばる……、お兄様。私も……ちゃんと本が読めるように、お勉強教えて」

　マリアンが躊躇いがちにお願いすると、ジェイラスはギュウギュウと抱きしめてくる。

「かわいいっ。ああ、もう僕の知っていること、なにもかもぜんぶ教えてあげるから、安心していいよ」

「やめろっ。お前のろくでもない知識を植えつけようとするな」

　二人は教育方針の違いで罵《のの》り合っていたが、結局はジェイラスがマリアンの家庭教師になってくれることに決まった。彼はまだ十二歳だったが、すべての学業を博士課程まで修了しているほどの頭脳の持ち主なのだという。

　ジェイラスは読み書きも足し算も満足にできないマリアンに、根気よく勉強の基礎を教えてくれた。ブレンダンは仕事で忙しい毎日を過ごしていたが、早めにベッドに入った夜には、マリアンに対してどんな勉強をしたのかなど、色々な話を聞いてくれた。

そんなある日、夜中にふと目覚めたマリアンは、隣にジェイラスの姿がないことに気づいた。

「……お兄様……？」

寝室を見渡しても、ジェイラスの姿はない。

マリアンは熟睡しているブレンダンを起こさないようにして、そっと部屋を抜け出した。向かったのはジェイラスの部屋だ。マリアンは夜中に目が覚めると、いつも淋しくて泣きたくなってしまっていた。ブレンダンとジェイラスを起こさないように泣いていても、ふたりは気配でそれを察知して眠りから目覚め、マリアンを宥《なだ》めてくれていた。

自分と同じように、ジェイラスが眠れずにいるのではないかと心配になったのだ。

「どこ……」

暗い廊下に出てみると、ジェイラスの部屋から灯りが漏れていることに気づいて、そちらに向かってみる。すると微かに扉が開いていて、室内から話し声が聞こえてきた。

「ジェイラス様。グリムレット家から事業の手伝いを増やすようにとのご連絡が来ております。学会に発表される研究も滞っておられますし、マリアン様のことは家庭教師にお任せになった方が……」

　ジェイラスはまだ十二歳という年齢だが、博士号を持つ秀才だ。そのうえ、彼の母の実家であるグリムレット家の跡目を継ぐことが決まっているため、その準備を求められているらしかった。

「環境が変わったばかりで、マリアンは不安になってる。しばらく傍にいてあげたいんだ。僕の好きにさせてくれないか。やるべきことはこなしている。文句はないだろう」

「しかし、今のような睡眠の取り方では、すぐに身体を壊してしまいます……」

　執事の心配げな声に、血の気が引いた。

　マリアンの相手をしている暇などないのに、彼は毎日朝から晩まで傍にいてくれている。足りなくなった時間を補うために、こうして深夜に研究や仕事をしていたらしい。

「……っ」

　申し訳なさにマリアンは暗く俯《うつむ》いた。まさかジェイラスが、こんなにも自分を犠牲にしているなんて、思ってもみなかったからだ。

　しばらく呆然とそこに立ちつくしていたが、盗み見し続けるわけにもいかず、音を立てないように寝室に戻ろうとした。そのとき、つい無意識に扉を押してしまう。

「……誰？」

　ジェイラスの声が聞こえてくる。マリアンは返事をすることができなかった。そこに執事がやって来て、扉を開いてしまった。

「マリアン」

驚いた様子でジェイラスは名前を呼ぶと、こちらに駆けてくる。

「どうしたの？　怖い夢でも見た？」

マリアンは迷惑ばかりかけているのに、それでも心配をしてくれることに、いっそう泣きたくなってくる。

「ごめんなさい……、私のせいで……」

しゃくり上げるマリアンを、ジェイラスは優しく抱きしめてくれた。そして、宥めるように軽く背中を叩いてくれる。

「話を聞いてしまったんだね。僕が好きでしていることだから、マリアンはなにも気にしなくてもいいんだよ」

「明日からは、自分でお勉強する。お兄様の邪魔はしないから……」

「僕が教えてあげたいんだ」

「でも……」

こんな話を聞いてしまったら、ジェイラスに勉強を習い続けることは躊躇われる。

「じゃあ、せめて読み書きができるまでは、僕が教えてあげる」

マリアンは文字の読み書きがとても苦手だった。早く覚えられる自信がない。

いっそう泣きたくなっていると、ジェイラスが言った。

「人はね。自分が好きなことには、いつも以上に吸収がよくなるんだよ。無理して急ごうとせずに、文字が読み書きできるようになった後の、楽しいことを考えて」

ジェイラスの言葉に、マリアンは懸命に頭を巡らせた。

「図書室の本が読みたい」

「うん。いっぱい読もうね。どんな本が読みたいか、先に考えておくといいよ」

自由に本が読めるようになったときのことを考えると、胸が温かくなってくる。

「お手紙を書きたい」

「大切な人に気持ちを伝えるのには、いい手段だよね。誰に渡したいか決まってる？」

ジェイラスはそう言って頭を撫でてくれる。後で聞いた話だが、マリアンはきっと母親に手紙が書きたいのだと思われたらしかった。

「お父様とお兄様。……大好きって書きたい」

しかしマリアンが手紙を贈りたいのは、大好きなブレンダンとジェイラスだった。

マリアンの返答に、彼は眩《まぶ》しいぐらいの笑みを向けてくる。

「僕もマリアンが大好きだよ」

ジェイラスにギュウッと抱きしめられて、額同士を擦りつけられた。そのとき、マリアンはまるで本当の兄妹《きょうだい》にでもなったのではないかと思うぐらい幸せな気持ちで胸がいっぱいになった。

その他にも、ブレンダンとジェイラスとの幼い頃の思い出はたくさんある。

初めてブレンダンが、マリアンと中庭を散歩してくれたときのことだ。

「お父様。はやくはやく」

仕事に忙しいブレンダンが食事や就寝時以外に構ってくれることは、滅多になかった。

今日はジェイラスが所用で出かけているため、一時間だけの約束で、側にいてくれることになったのだ。遠くには行けなくても、ブレンダンと一緒にいられるだけでマリアンは心から嬉しかった。

雨上がりで薔薇《ばら》は湿っているし、水たまりも多かったが、それでも楽しくて仕方がない。

「どうして君は、そんなにもはしゃいでいるんだ」

ブレンダンは、マリアンが嬉々としている理由が解らないらしい。

「だって、お父様と一緒に遊べること、あまりないから」

マリアンが答えたとき、ぬかるみに足を取られて、水たまりの泥の中に転んでしまう。

「あっ！」

膝と掌《てのひら》を激しく打ちつけ、べっちゃりと泥が纏わりつく。マリアンは泣きそうになった。

こんなに汚れてしまっては、着替えるだけでは済まない。お風呂に入る必要がある。しかし汚れを落として戻って来る頃には、約束の一時間が過ぎてしまう。せっかく義父が時間を割いてくれたのに、ドジな自分のせいで台無しにしてしまった。

「……ひく……っ」

泣きそうになっているマリアンを、ブレンダンが慌てて抱き起こしてくれる。

「どうした？　怪我をしたのか」

「汚れてしまったから、……今日は、もうお父様と遊んでもらえない……」

悲しんでいる理由を答えると、ブレンダンはマリアンを腕に抱えて、邸の方へと向かって行った。

「……お父様？」

いったいどうしたのだろうか。マリアンが首を傾げると、ブレンダンは言った。

「君を起こしたときに、私も汚れてしまったようだ。風呂に入ってから、茶でも淹《い》れさせよう。それでいいな」

初めに抱き起こしてくれたとき、ブレンダンは手を汚しただけだった。それなのに、落ち込んでいるマリアンを見て、自分の身体まで汚して、一緒にいる時間を引き延ばしてくれたらしかった。マリアンは嬉しさのあまり顔を綻ばせる。

「お父様は私が洗ってあげる」

「一緒に入る気か？　それはいいが、君の身長では私の背中に届かないと思うが？」

ブレンダンはククッと楽しげに顔を歪めてみせる。

「背中におんぶしてくれたら届くからっ」

「それはそれは、……大変そうだな。私がしゃがむのではいけないか?」

「あっ、そうか。お父様、頭がいい!」

「まったく君は無邪気だな」

あまり一緒に過ごすことができなくても、マリアンはブレンダンの、一見しただけでは解りにくい優しさが大好きだった。

マリアンの誕生日を初めて祝ってくれたのも、義父と義兄だった。

その日、目覚めると、いつもよりもずっと早い時間だというのに、ふたりの姿はなく、マリアンは急いで階下へと向かった。

「お父様? お兄様? どこ?」

駆け足で食堂へと向かって、扉を開くと、一面白い薔薇で埋め尽くされていた。

「わぁ! 綺麗」

いったいどこからこの薔薇は運ばれて来たのだろうか? 首を傾げながらテーブルの方に向かうと、そこには大きなお菓子の家が置いてあった。クッキーの壁、チョコレートの屋根、飴《あめ》細工の窓に、マシュマロの庭、グミの花。

おいしそうな色とりどりのお菓子に、マリアンは目を輝かせる。

「すごいすごいっ」

大きなお菓子の家は、顔を近づけることすら、躊躇われるぐらい精巧につくられていた。

「気に入った？」

背後からジェイラスの声が聞こえて、マリアンは振り返る。

「これ、どうしたの？　なにに使うの？」

すると、後ろに立っていたブレンダンが赤いリボンのついた大きな包みを抱えていて、ジェイラスが金のリボンがかけられた、長細い小箱を持っていることに気づく。

「今日はなにかお祝いごと？」

マリアンはふたりがプレゼントらしきものを持っていることが不思議だった。

「今日は君の四歳の誕生日だろう」

言われてみれば、その通りなのだが、マリアンは自分の生まれた日をお祝いしてもらったことがなかった。

「お誕生日って、お祝いするようなこと？」

マリアンが首を傾げると、ジェイラスがきゅっと抱きしめてくる。

「そうだよ。マリアン。生まれてきてくれて、ありがとう。君が邸に来てくれて、僕は毎日、幸せだよ」

マリアンは、誰からも必要とされないいらない子だ。それなのに、ジェイラスは生まれたことを感謝していると言ってくれた。

本当に？　嘘じゃなくて？　自分は必要な人間なのだろうか。

マリアンが茫然としていると、今度はブレンダンが、ジェイラスからマリアンの身体を片手で奪いとると、チュッと頰に口づけてくれた。

「君の人生に幸多からんことを祈っている。誕生日おめでとう。マリアン」

柔らかな感触がくすぐったくて、マリアンは思わず顔を綻ばせる。

「お父様とお兄様がいてくれるなら、不幸になんてならない」

ブレンダンは満足げに微笑んで、ジェイラスは義父とは反対の頰に口づけてくれる。

「そう言ってくれてうれしいよ。はい、プレゼントだよ。開けてみて」

「もっと大きいものがよければ、遠慮なく言うといい」

ふたりからプレゼントを手渡され、マリアンはドキドキしながら、金と赤のリボンを解《ほど》いた。

「これよりも大きいんじゃ、マリアンが運べないよ。ちょっとは考えなよ。兄さん」

ブレンダンが贈ってくれたのは、大きくて茶色いクマのぬいぐるみだ。丸く黒い目にたっぷりとしたお腹をしていて、ふかふかとした肌触りが気持ちいい。ぎゅっと抱きしめているだけで、とても安心することができた。

「今日から一緒に眠ろうね。クマさん」

「クマって……。兄さん自分の身がわりのつもり？　それとも先日僕が言ったことに対する自虐？」

「うるさい。マリアン、今夜から眠るときにはジェイラスとの間にぬいぐるみを置いておけ」

「そういうことするんだ？　へえ……」

ジェイラスは薄く笑ってマリアンに向き合う。

「僕のプレゼントも見てよ」

ジェイラスは、蝶の透かし彫がされた金のミニチュア懐中時計《かいちゅうどけい》のネックレスを贈ってくれた。

「わぁ、綺麗」

「つけてあげるよ」

そう言ってジェイラスは、マリアンの首にネックレスを嵌めてくれた。

「お父様もお兄様もありがとう。大事にする」

大人用だったため、チェーンはぶかぶかだったが、マリアンは、毎日そのネックレスをつけるようになった。それからもふたりから色々な宝飾品を贈られたが、最初にもらったネックレスは、家族になった記念として、マリアンは特別に大事にし続けた。

翌年は邸中を綺麗な花で埋め尽くして、数えきれないほどのプレゼントの宝探しをさせてくれた。しかし、切った花がかわいそうだとマリアンが告げると、ふたりは意味が理解できないらしく首を傾げた。寿命が早まることを説明すると、どうにか理解してくれたようだった。

　翌年は、マリアンの好きな花々を集めた庭園をプレゼントしてくれた。花を切らないで欲しいという願いを聞き入れてくれたのだ。中央の東屋《あずまや》でふたりは大好きなお菓子やケーキをいっぱい用意してパーティーを開いてくれた。

　さらに翌年は盛大で、歌劇場を貸切りにして、マリアンのためだけのオペラを演じてくれた。二千人が収容できるほどの席があるのに、観客はマリアンとブレンダン、そしてジェイラスの三人だけだ。内容はマリアンが、この世に生まれてきたことを喜んでくれるもの。マリアンは、そのオペラを観ながら、義父と義兄が生まれてくれたことにこそ、心から感謝していた。

　その翌年は、街中を色とりどりの外灯で燈《とも》し、街路を風船やお菓子の屋台などで埋め尽くしてお祝いしてくれた。年が経つにつれて、マリアンの誕生会は驚くほど盛大になっていく。

　やり過ぎではないかと尋ねても、足りないぐらいだと答えられてしまう。

　そうしてブレンダンとジェイラスは、実母にすら必要とされなかったマリアンに、ありあまるほどの愛情を与えてくれた。

　甘く優しく、穏やかな日々が流れ、気がつけば、レイン家を初めてマリアンが訪れてから、十三年の月日が経とうとしていた――。

第一章　脆く崩れる日常の予感

食堂には焼けたばかりのクロワッサンの匂いが漂っていた。バターのふんわりとした匂いにつられ、マリアンはいっそうお腹が空いてしまう。

眩《まぶ》しい朝陽がガラス窓から差し込んでいる。今日はとても天気がいいらしい。

「おはよう。お父様、お兄様」

すでに着席している義父と義兄に元気な声で挨拶をした。すると、食事を終えて新聞を読んでいた義父は、こちらをちらりとも見ずに答える。

「ああ、おはよう」

本当は義父と義兄は、親子ではない。ふたりは年の離れた母違いの兄弟だ。しかしマリアンに家族を与えるために、そういう風に呼ばせてくれていた。

義父のブレンダンは今年で三十三歳だし、義兄であるジェイラスは二十五歳になる。

この兄弟が親子というのには、少々無理があるのだがレイン家では『お父様、お兄様』というマリアンの呼び方が当たり前になっていた。

マリアンが三歳でこの邸に預けられて十三年が経つが、今では本当の家族のようにふたりのことを大切に思っている。

あれから美しい青年だったブレンダンは精悍《せいかん》で大人の色気の漂う紳士に、美少女とも見紛うほどの愛らしさだったジェイラスは、物憂げで中性的な魅力を湛《たた》える美丈夫へと成長した。ブレンダンは、漆黒の髪に怜悧《れいり》な光を宿したサファイア色の瞳、高い鼻梁《びりょう》、薄い唇をしている。ジェイラスは、少し長めの柔らかなブロンドにエメラルド色の瞳、陰影のある顔立ち、官能的な唇をしていた。どちらも、女性ならば誰しもが、見惚れずにいられないほど麗しい容姿をしている。

ふたりと並ぶと、色白の肌を持ち淡いプラチナの髪にアメシスト色の瞳をしたマリアンは、すべての色素が薄いせいか、自分が貧相に思えてならない。そんなときは自分が、本当の家族ではないのだと思い知り、淋しさを覚えてしまっている。

「ここに座りなよ」

義兄は席を立つと、給仕の代わりにマリアンの椅子を引いてくれて、さらには優しく頬に口づけてくれた。不釣合いな自分でも、ふたりには家族として受け入れてもらえているのだ。文句を言ったら、神様から罰を与えられてしまうだろう。

「マリアン。いい朝だね。昨夜はよく眠れたかい」

「ええ。とっても」

ジェイラスに微笑みかけると、ブレンダンが呆れた様子で溜息を吐く。

「結構なことだが、そろそろひとりで眠ってはどうだ、マリアン。部屋は腐るほどあるんだ。我々が窮屈に肩を寄せ合って眠る理由もないだろう」

この邸に連れられてきた日、マリアンは淋しさのあまり啜り泣いて、まったく眠ろうとしなかった。

見かねたブレンダンが、添い寝してくれるようになって、ようやく眠れるようになったことは今でも覚えている。そのことを知ったジェイラスも添い寝に参加するようになり、今も三人はマリアンを中心にして毎夜一緒に眠っていた。だが去年ぐらいからブレンダンは、ことあるごとに不満を口にしてくる。

「それじゃあ、マリアン。今夜からは僕とふたりで眠ろうか」

ジェイラスが甘い声音でマリアンを誘うと、すかさずブレンダンが怒りを露わにする。

「やめろ。お前のような紳士面した獣《けだもの》にマリアンを預けられるわけがない。獣の檻《おり》に羊を放り込むようなものだ」

心底腹立たしげに、ブレンダンは言い放つ。

「だったら、これからも三人で寝るしかないよね」

ジェイラスは仕方なさそうに肩をすくめる。マリアンは安堵して、ほっと息を吐いた。

ブレンダンのベッドは大人三人が並んでも、充分ゆったりとしている。窮屈さなど感じないのだが、生真面目な彼は世間体を考慮してか、月に一度はこうして不服を言うのだ。

大人になったのだから、ひとりで眠るべきだとは解っている。だが、マリアンは邸にいられる限り、ブレンダンとジェイラスと三人で眠りたかった。

普段は素っ気ないブレンダンも、ベッドに入るととても優しい。ブレンダンが仕事を早めに切り上げて就寝した夜には、マリアンに一日にあったことを聞いてくれて、体調も気遣ってくれる。手を繋いで欲しいと、子供じみたお願いをしても、嫌がらずに受け入れてくれていた。眠るときにふたりが一緒にいてくれるだけで、マリアンは幸せな気持ちで胸がいっぱいになるのだ。

居候の身で、いつまでもこの邸にいられないことは解っている。だから、あと少しだけ。一日のうちで、なによりも代えがたい至福の時間を、まだなくしたくなかった。

「お嬢様、失礼いたします」

着席すると執事がカフェオレを注いでくれた。そこに、ジェイラスがブラシや髪飾りを持って近づいてくる。

「マリアン、今日はどんな髪型がいい？　僕はカールしたツインテールがかわいくて好きだな」

ジェイラスはこうしてマリアンが寝坊してしまった日でも、少ない時間を使って毎日髪をセットしてくれていた。

「お兄様にお任せしてもいい？」

「了解。お姫様に似合うように仕上げてあげるよ」

ジェイラスは手際よくマリアンの長い髪を、ツインテールに結ってくれる。これがマリアンの幸せな日課だ。

「お父様、お兄様、今夜は丘の上にある風見鶏亭《かざみどりてい》で、ハロウィンのパンケーキを食べに行くっていう約束、ちゃんと覚えている？」

風見鶏亭は予約のとれない国一番の人気レストランだ。毎年十月下旬にだけ期間限定でつくられるパンケーキの噂を知り、マリアンはどうしても食べたくなって、昨日の夜に義兄に漏らしてしまったのだ。ブレンダンとジェイラスはその日のうちに、伝手《つて》でレストランの予約を入れてくれて、今日は三人で出向く約束をしていた。

どうやって予約を入れたのか疑問に思っていたのだが、名の知れたレストランというものは、特別なお客のために、必ず席をあけてあるものらしかった。

「忘れてなどいない。しかし夕方までは仕事だ。約束を破らないか心配なら、直接オフィスを訪ねてくるといい」

ブレンダンは石油業を中心に、ありとあらゆるグループ企業のトップとして君臨《くんりん》している。公爵の地位を持っているため、領地を治める必要もあった。

オフィスから邸に帰っても、時間のある限り仕事をしていて、寛《くつろ》いでいる姿など食事や睡眠のときぐらいしか見たことがないほどだ。

ジェイラスも彼の母の実家であるグリムレット侯爵家を取り仕切っているため、いつも忙しそうにしている。グリムレット家は、王家の懐刀《ふところがたな》と言われるほど代々、国王の信頼が厚い名家だ。王妃を数多く輩出し、鉄道業や金融《きんゆう》業に到るまで様々な事業にも着手しているらしい。マリアンの母はグリムレット家嫡子《ちゃくし》の唯一の子だったのだが、勘当されてマリアンをブレンダンに押しつけた後、行方知れずになった。

そのため、唯一の系譜《けいふ》となったグリムレット家の長女の息子ジェイラスが、侯爵の地位や家督のすべてを継ぐことが決まったのだという。

「僕も仕事が終わり次第に、兄さんのオフィスに行くよ。それじゃあ、また夕方にね」

ブレンダンとジェイラスは、当然ながらお互いに父や息子という認識で過ごしてはいない。そのような呼び方を許されているのは、マリアンだけだ。

ふたりは異母兄弟でありながらも、互いの事業のせいで、ぶつかり合うことも少なくないらしい。マリアンがいない場所では、あまり和やかに話している姿は見かけられないのだと、メイドたちに聞いている。

「ごちそうさま。とってもおいしかった」

マリアンが食事を終えると、ブレンダンが新聞を置いて尋ねてくる。

「もういいのか?」

「ええ」

今日は少し寝坊してしまった。これ以上、ゆっくり食事をしていると、義父と義兄がいつまでも仕事に向かえない。だから、少量で済ませたのだ。

いつもより食事量が少ないことに気づいたブレンダンが怪訝《けげん》そうに尋ねてくる。

「体調が悪いのか。それとも、私たちの仕事を気にしているのなら……」

「どこも悪くないわ。夜のパンケーキのために控えているだけ」

そう言って誤魔化すと、今度はジェイラスが心配そうに見つめてくる。

「嘘じゃないね? 体調を崩してないならいいけど。なにかあったら、すぐに連絡してくるんだよ?」

マリアンが食事を終えると、ブレンダンとジェイラスが席を立つ。彼らは忙しい身であるにも拘らず、こうして朝と夜の食事を毎日欠かさずにマリアンと一緒に摂《と》ってくれていた。幼い頃に、母と離別することになったマリアンを淋しがらせないために、ふたりで決めたらしい。

彼らは三人で夕食を摂るためだけに、いつも仕事を早くに切り上げて帰ってきてくれていた。貴族として晩餐会《ばんさんかい》や舞踏会に行くときも、マリアンを優先してから出かけるほどだ。

『本当は、少しの時間も無駄にできないほど忙しいはずなのに……いいの？』

心配になって尋ねたこともあった。すると義父ブレンダンは、『くだらんことを気にするな』と言い、義兄ジェイラスは、『家族で食事を摂るのは、当然のことだからね。できることなら、ランチも一緒に食べたいぐらいなんだよ』と答えてくれた。

ブレンダンとジェイラスは、血の繋がらない自分を、過分なほどの愛情を注いで育ててくれている。そのことに深く感謝しながら、好意に甘え続けている状況だ。

マリアンはいつか誰かと結婚して、この楽園のような場所を出て行かなければならない。それは解っているが、今だけでも、もっとふたりの傍に居させて欲しかった。

＊＊　＊＊　＊＊

食事を終えた後、マリアンは自室に戻り、その足で化粧室に向かう。歯を磨いた後は、執事の仕事を手伝うつもりだ。

義父と義兄は、邸のことなど手伝わなくていいと言ってくれているが、やはり居候《いそうろう》の身では心苦しい。だから、使用人たちの邪魔にならない範囲で、こっそり働かせてもらっていた。自己満足だとは解っていても、なにもできないよりは嬉しかった。

「お父様とお兄様の役に立てることだから、がんばろう」

レイン家の兄弟のおかげで、幸せな日々を過ごしているマリアンだったが、最近はひとつだけ悩みがあった。

優美な金の蛇口をひねって顔を洗い、歯を磨き終えた頃、悩みの種がやってくる。

ノックもなく化粧室を訪れた義兄が、鏡に映っていた。マリアンは、困惑を隠しきれない表情で振り返る。

ジェイラスは柔らかな髪を揺らして、ふっと色気のある微笑みを浮かべながら、こちらを見つめていた。

「……どうしたの？　お兄様」

別れ際の言い方では、夕方まで会うことはなさそうだった。それなのに、ここにやってきた理由は、きっと——。

「仕事に行く前に、『行ってきます』のキスを、マリアンとしようと思ってね」

予想通りの答えに、マリアンは眉を顰めずにはいられなかった。家族なのだから、挨拶ぐらいは当然だ。解っているのだが、躊躇せずにはいられない。

「行ってらっしゃい。気をつけて」

マリアンは背伸びをして、前かがみになったジェイラスの頬にそっと口づけた。

「うん、ありがとう。行ってきます」

彼は少し掠れた甘い声で囁くと、マリアンの唇にキスを返してくる。

「んっ⁉　……んふ……」

柔らかな唇が、いっそう強く押しつけられ、離れてはくれない。

これが、最近の悩みだった。

挨拶とは思えないほど、ジェイラスは強く唇を押しつけてくる。マリアンは歯を食いしばって堪えているが、ジェイラスはいつも舌を口腔に押し込もうとしてくるのだ。

初めて口づけられたのは一カ月ほど前だった。

朝だというのに眠気が覚めず、マリアンは瞼《まぶた》を閉じたまま微睡《まどろ》んでいた。

すると、プラチナ色の髪を波打たせながら寝返りを打ったとき、とつぜん柔らかなものが唇に押しつけられたのだ。

『……ん……っ』

その感触の正体が解らなくて、ぼんやりと瞼を開いたとき、艶やかなブロンドが目に映った。

『……お兄様？』

どうして、こんな間近にジェイラスの髪が見えるのだろうか。そう思い、微かに首を傾げたとき、今度は深く唇を塞《ふさ》がれた。

『ふ……っ、ん、んぅ……⁉』

ジェイラスにキスされている。そう気づいたときには、苦しいぐらいに舌を絡められ、逃げられないほど強く両手首をベッドに押さえつけられてしまっていた。

『……や……っ、ん、んぅ……』

抵抗の言葉を出せないほど、唇を貪《むさぼ》られ、溢《あふ》れる唾液を啜り上げられた。

『マリアン、かわいいよ。ずっと、こうしたかった……、ん……』

ぬるついた舌の感触は生まれて初めてで、動揺のあまり抵抗するすべすら、思いつかなかった。なんどもなんども舌を絡められ、歯列や歯茎、口蓋や頬裏の隅々まで貪られ尽くされてしまう。

『く……、ん。んぅ……んんっ！　や……ぁっ』

淫《みだ》らに身を捩《よじ》り、巧みなキスに喘《あえ》いでしまったことは記憶に新しい。あのときのことを思い出すと、マリアンは恥ずかしさのあまり、卒倒してしまいそうになる。血が繋がらなくても、ずっと兄として見ていた相手に深いキスをされて、動揺しないわけがない。

マリアンはジェイラスにキスをされるたびに、どうしていいか解らず、精一杯拒《こば》み続けている。

「今日もだめ？　つれないね。初めてしたときは、あんなにかわいく僕を受け入れてくれたのに」

ジェイラスは、今日も深い口づけをするのは無理だと解ると、マリアンの耳朶《じだ》に舌を這《は》わせ始める。

「……やぁ……っ。……お兄様……、そんなことしないで……」

ねっとりと濡れた舌が耳殻《じかく》や耳裏を這い上がる感触に、マリアンは頬を染めながらも顔を背けた。

「ん、んぅ……、は……ぁ……」

家族なのに、貪《むさぼ》るような口づけを交わすなんておかしい。

解っているのに、助けを呼ぶことはできなかった。騒ぎ立てることで、ジェイラスに嫌われたくないからだ。それ以上に、マリアンは、彼を傷つけることはしたくなかった。

「……ん……っ、ふ……」

熱くぬるついた舌のくすぐったい感触から逃れようとするが、ドンッと壁際に追い込まれた。マリアンは反対側から逃れようとするが、ジェイラスに素早く両脇に腕を突かれて、身動きができなくなってしまう。

「逃がさないよ」

誰しもが夢中になってしまうほど、麗しく整った面立ちが近づき、キラキラとしたエメラルドの瞳が、マリアンを見つめてくる。

「あ……っ」

マリアンは壊れそうなほど胸が高鳴って、息が苦しくなってしまっていた。

「耳もかわいいね」

ねっとりと耳朶が舐《な》め上げられた。

家族で、こんな風にドキドキするなんて、おかしいのに。

「……い、……や……っ」

ジェイラスから逃げるようにしてマリアンが身体をすくめると、唇がふたたび触れそうなほど近くで彼が囁てくる。

「耳は嫌？　だったら舌、出して？」

甘い声音に従いそうになってしまう。頬を嬲《なぶ》る熱い吐息に、クラクラと眩暈《めまい》がした。だが、言いなりになれば、淫らなキスをされるのは目に見えていた。

「……お兄様。どうか、もうやめて……」

マリアンは涙目になって、火照った頬をふるふると左右に振りながら訴える。

「どうして？　ただの挨拶なのに。僕にこうされるの、嫌？」

マリアンには、これが挨拶だなんて思えない。だが、誰かに聞くわけにもいかず、困惑するばかりだ。

「兄さんも、ああ言っていることだし、今夜からでも、僕のベッドにおいで。ふたりで眠ろうよ。……キスよりも、もっといいことしてあげるから」

ジェイラスは、熱い吐息をマリアンの耳朶に吹きかけると、華奢《きゃしゃ》な喉元を指先でくすぐってきた。そうして指を這わせ、胸のリボンを解き始める。

「ね。……今からでもいいよ。ベッドに行こうか？　それともここでする？」

かぁっと、羞恥《しゅうち》に頬が熱くなった。

ジェイラスの言う『いいこと』が家族のするべきことではないのは、簡単に予測できる。幼い頃からずっと優しくしてくれていたのに、どうして彼はこんな風になってしまったのだろうか。

「……放して……っ」

淫靡《いんび》な空気に、息が詰まりそうになる。マリアンが涙目になって、ブルブルと震え始めると、パッと手が放された。

「そんなに怯えなくても、優しくしてあげるのに……。でも、もう少し覚悟ができるまで、先に進むのは無理そうかな」

ジェイラスは残念そうに呟くと、ひらひらと手を振って化粧室を出て行く。

「後で兄さんのオフィスで会おう。また夕方にね」

微かに疼《うず》いたままの唇を押さえて、マリアンは無言のまま嘆息した。

「……こんなこと……、お父様にも相談できない……」

普段は寡黙《かもく》な義父だったが、マリアンがどんな相談を持ちかけても、彼は真摯《しんし》に答えてくれていた。だが、義兄からの挨拶のキスが淫ら過ぎるなんて、言えるはずがない。

ジェイラスには、マリアンからやめるように訴え続けるしかなさそうだ。

平静を装った表情をするために、マリアンは鏡をじっと見つめる。そこには愛らしいワンピースを着た少女が映っていた。

優しいピンク色をしたレースのワンピースはジェイラスが選んでくれたものだ。ローヒールの靴と、ツインテールに結んだリボンは、ブレンダンが選んでくれたもの。マリアンが身に纏っているものすべては、ふたりから贈られているものだった。

あまりに頻繁《ひんぱん》に贈り物が届くため、自分で買い物をする必要がないほどだ。ふたりがどうして、ここまでマリアンに優しくしてくれるのかは解らない。

金持ちというものは酔狂《すいきょう》で道楽好きなものだと、メイドたちは言っていたが、そのせいなのだろうか？

先ほどジェイラスに解かれてしまった胸のリボンを結び直すと、深呼吸して心を落ち着かせる。大丈夫。人に知られることはない。誰も見ていなかったのだ。そう自分に言い聞かせた。

心を静めることができると、マリアンは執事が待っているはずの磁器の間へと向かって行く。そこはレイン家の誇る磁器コレクションや銀食器などが飾られている場所だ。

今日は銀食器を磨く手伝いを約束していた。それなら階下で忙しく働いている使用人たちに気を遣わせたり邪魔になったりもしないし、ブレンダンたちに見咎《みとが》められることもない。マリアンにはうってつけの仕事だ。

廊下を歩いていたマリアンは、自室から出てきたブレンダンにばったりと出くわした。

彼は漆黒のフロック・コートを身に纏い、白いシャツにタイを結び、ウエスト・コートに、トラウザーズと艶やかな牛皮の靴を履いた姿をしていた。頭にはトップ・ハットを被り、手にはステッキを持っている。今からオフィスに向かうつもりらしかった。

毅然《きぜん》とした立ち姿は思わず見惚れてしまうほどだ。生真面目で寡黙《かもく》なブレンダンと、気さくで話術の長けたジェイラスは、母違いの兄弟とはいえ、性格も容姿も似ているところがまったくない。

「お父様……」

つい先ほど彼の弟であるジェイラスに口づけられたばかりだ。マリアンは疾《やま》しさから思わず目を泳がせてしまう。

「リボンが歪んでいるな」

ふいに呟かれ、ギクリと身体が強張る。義父は、食堂にいたときとリボンの結び目が違っていることに気づいたのだろうか？

「少しの間、持っていろ」

彼が手にしていた琥珀《こはく》の柄のステッキを渡され、マリアンは大人しくそれを受け取った。

すると、ブレンダンはマリアンの胸のリボンを、きっちりと結び直してくれる。

どうやら、彼はなにも気づいていないようだ。

らしい。

「これでいい」

満足げな表情を浮かべたブレンダンは、微かに口元を綻ばせた。珍しく彼は機嫌がいいらしい。

「……それにしても、またジェイラスから贈られた服を着ているのか……。私の選んだものは、趣味に合わないのか」

静かにマリアンを見下ろすブレンダンは、どこか淋しそうに尋ねてくる。

「違うわ。お父様のくれるドレスは、なんだか大人っぽくて、気後れしてしまっているだけ……似合わない……気がして……」

ブレンダンの贈ってくれるドレスは、大人びていて着るのを躊躇ってしまうようなものが多い。ジェイラスが贈ってくれるものは、少女らしいリボンやレースの飾られたものばかりなので、つい日常に着ることが多くなっている。

「きっとよく似合う。今夜にでも着てみるといい」

ブレンダンが、マリアンになにか願い事を口にすることは、滅多にない。

「うん。今夜はお父様の選んでくれたドレスを着てみる」

今までは躊躇っていたことも忘れて、マリアンはつい了承してしまう。

「そうか。では、楽しみにしている」

立ち去り際に、くしゃりと頭を撫でられ、嬉しいような淋しいような気持ちになる。

マリアンはもう十六歳だ。しかしブレンダンを前にしていると、自分が子供だということを、いつも思い知らされてしまう。

ブレンダンが去った後、マリアンは自分の身体をじっと見おろした。

なんだかはしたない気がして、いつもコルセットをきつく締めつけて大きな胸の膨らみを押さえている。だが、ブレンダンの贈ってくれた大人びたドレスを着るためには、そうはいかない。

ウエストを括《くび》れさせて、胸の膨らみを露わにしなければ、似合わないに違いなかった。

いつもは気後れして袖を通せないドレスだったが、今日こそは袖を通そうと思い、自分を奮い立たせた。

＊＊　＊＊　＊＊

執事の手伝いをした後、本を読んでいるうちに、約束の時間が近づいてくる。

マリアンは人生初の化粧を計画していたので、いつもよりもずっと早くから、支度を始めた。

ブレンダンが贈ってくれた数えきれないほどの衣装のなかから選んだのは、シフォンのプリーツがついた赤いドレスだ。胸を強調するスタイルで、デコルテが露わになっており、身体に沿う格好で、スカートはふわりと広がる形をしていた。そのまま出歩くのは気恥ずかしく、ブロケードのマントを羽織ることにした。

いつもは子供っぽいツインテールなのだが、髪をアップにして真珠の飾られた薔薇《ばら》のコサージュを飾る。

胸にはダイヤモンドのネックレスと、揃いのイヤリングを用意した。ブレンダンとジェイラスは頻繁に宝石を贈ってくれているのだが、ブローチ以外のものを身に着けるのは初めてだ。

いつもは、四歳の誕生日にジェイラスがくれた蝶の透かし彫のある金のミニチュア懐中時計のネックレスを首にかけている。今日はドレスに合わないため、大切に宝石箱にいれておいた。

慣れない手つきで化粧を施して鏡を覗き込む。よく見ると、少しはみ出てしまっていた口紅を拭き取り、もう一度塗り直すと完成だ。

「……やっぱり、私には似合わない気がするけど……」

ドレスに合わせて髪をセットしたので、今さら着替えるわけにもいかない。それにブレンダンから贈られた服を着ていくと、彼と約束したのだ。このまま行くしかない。

マリアンが覚悟を決めて自室を出ると、廊下ですれ違うメイドやフットマンたちが、揃って目を丸くする。レイン家の使用人たちは、礼節を欠いた行動を一切せず、完璧に躾《しつ》けられている。そんな風に驚いている様子を見るのは初めてだ。

「おかしくはない？　大丈夫？」

不安になって尋ねると、皆はハッとした様子で取《と》り繕《つく》い始める。

「いえ、とてもお美しいですわ」

「異国のお姫様が迷い込まれたのではないかと、驚いてしまっただけで」

「ブレンダン様もジェイラス様も、お喜びになると思います」

過分なほどの褒め言葉は、反対に信じがたく感じてしまう。

マリアンは着替えたくて堪らなくなるが、待ち合わせの時間に遅れてしまう。

「お父様との約束は破れないし、このまま行こう……」

マリアンは急ぎ馬車に乗って、ブレンダンのオフィスへと向かった。

その途中、金融街を通りかかると、女性たちに囲まれたジェイラスを遠目に発見する。

「あれは……、お兄様？」

たしかジェイラスのオフィスは、ここら辺だったはずだ。

「綺麗な人ばかり……、誰にでもあんな風に微笑みかけるのね……」

人当たりがよく機転の利く彼は、数多《あまた》の女性たちに崇拝されていると聞いていた。どうやら噂は誇張ではなく真実だったようだ。

思いつめた女性が、邸を訪ねてきたことも、一度や二度ではない。特定の相手は作っていないようだが、かなりの浮名を流しているという話だ。そんな彼だからこそ、悪戯《いたずら》でマリアンをからかってくるのかもしれない。

「あんなにたくさんの女性に好かれているのに、どうして私にまで触れようとするの？」

ジェイラスは女の人なら、誰でもいいのだろうか。そんな考えが浮かぶ。

「……お兄様のバカ……」

なんだか、もやもやとした気持ちで、マリアンは車窓の外を見ないように顔を背けた。

さらに馬車は海の方へと向かっていく。

ブレンダンのオフィスは王都の港近くにある。交通の要衝《ようしょう》にあたり王宮にも近いため、仕事をするには最適な場所らしい。近くには、貴族や富豪向けのホテルもあり、商談のために使えるレストランも多い。仕事をするには最適な場所なのだという。

ヴィオレート国は、レイン家の行っている事業によって栄えていると言っても過言ではない。そのため、紋章の入った三頭引きの馬車が走ると、人波はさっと引いていく。

ブレンダンは営利のためなら、どんな非道なこともやってのける冷酷な人物だと噂されているらしいが、マリアンは違うと知っている。

彼は寡黙で厳しそうに見えるが、間違ったことなど口にしない。それに、母から暴力を振るわれていたマリアンを、赤の他人であるにも拘らず引き取ってくれるような優しい心根の持ち主だ。

いつか心ない噂をしている人たちにも、そのことを解って欲しい。だが、本当のブレンダンを知っているのは、家族だけだという優越感があることも否めない。

「……私ったら、ただの居候のくせに……」

馬車は、明るいレンガ色の建物がならぶ街路を走っていく。その車中で、マリアンはひとり傲慢な自分の考えに深く落ち込んでいた。

そうして百貨店と向かい合わせに建っているブレンダンのオフィスにようやくたどり着く。白い壁に円柱や彫刻が飾られた荘厳な外装は、一見、神殿にも見紛ってしまいそうになる。初めて来たときには驚いたものだが、来客が迷わないという利点があるらしい。無駄な時間を嫌うブレンダンの考えにかなった外装なのだろう。

馬車を降りたマリアンは、ホテルのロビーのような玄関を進んで、いつもの受付の女性に声をかける。

「ブレンダンと約束しているの。通ってもいい？」

幼い頃から、幾度となくやって来たことのあるオフィスだ。受付の女性ともマリアンは顔見知りなのだが、なぜか今日はよそよそしい。

「ただ今、社長は打ち合わせ中です。執務室の隣の控室でお待ちください」

その上、なんだか険のある視線を向けられている気がした。前回オフィスを訪れた際に、マリアンはなにか、気に障ることでもしてしまったのだろうか。

いつもなら、時間を問わず直ぐにブレンダンの執務室にそのまま通されるのだが、今日はまだ仕事が終わっていないらしかった。

壁際に置かれた柱時計を見てみると、まだ約束していた時刻より三十分ほど早い。

御者が気を利かせて急いでくれたらしい。

本でも持ってくれば良かったと思いながら控室に向かうと、隣から話し声が聞こえてくる。ブレンダンと若い女性の声だ。彼の執務室との間にある扉は、微かに開いていた。

そのせいで音が響きやすくなっているらしい。仕事の邪魔にならないように、扉を閉めようとしたとき、驚くべき光景がマリアンの瞳に映る。

「……っ!?」

ブレンダンは長い足を組んで執務机に凭《もた》れかかり、書類を捲っていた。その彼の肩にしなだれかかるようにして、妖艶《ようえん》な美女が纏わりついていたのだ。

彼女は、ブレンダンの喉元に透けるように白い指を這わせて、タイを解こうとしていた。

義父につき合っている相手がいるという話は、一度も聞いたことはなかった。

あれほど素敵な男性なのだ。恋人がいないはずがない。それは当然のことなのに、マリアンは動揺を抑えられなかった。

親密さを考えれば、ふたりがただならぬ関係であることは伝わってくる。

「触るな。もうすぐマリアンが来る」

冷たく言い放ったブレンダンは、女性を退けようとした。しかし、相手は引き下がらず、さらにブレンダンに対して、豊満な胸や括れたウエストを押しつけていく。

「……や……っ」

義父に、特別な相手がいる。そう思うと目の前が真っ暗になった。

――触らないで。

叫び出したかったが、マリアンは義父の女性関係に口出しできるような立場ではない。

「まだ時間があるわ。……少しぐらいいいじゃない。最近、冷たいのね。他にいい人でもできたのかしら」

拗ねた口ぶりで、女性は唇を尖《とが》らせる。男性なら、誰もが夢中になるような蠱惑《こわく》的な女性だ。ブレンダンが彼女に対して、甘い言葉を囁いているのだと思うと、それだけで胸が締めつけられるようだった。

目を逸らしたいのに、マリアンはショックのあまり立ち尽くしてしまい、その場から一歩も動けずにいた。

「勝手な言い様だな。誤解があるようだが、私はただの一度でも、君に甘い顔をした覚えなどない」

「そうよね。……あなたは……」

女性がなにか言い返そうとしたとき、後ろからいきなり腰を引き寄せられた。

「……っ！」

マリアンは声をあげそうになる。しかし寸前のところで堪えると、後ろを振り返った。

「覗き見なんて、趣味が良くないね。なにか面白いものでも見られるの？」

耳元に甘い声音で囁いてきたのは、ジェイラスだった。つい先ほど彼が金融街で女性に囲まれていたのを見かけたのだが、あの後すぐに馬車に乗ってここまでやって来たらしい。

「私……」

恥ずかしさと悲しさが一度に胸に押し寄せてくる。ブレンダンもジェイラスも、素敵な男性だ。それに彼らは、妻を娶《めと》っていてもおかしくはない年齢だ。恋人がいるのは当然と言える。

娘や妹として扱われているとはいえ、淋しさや独占欲を渦巻かせるなんて、おこがましすぎる。自分はなんて醜《みにく》い心の持ち主なのだろうか。マリアンは、真っ青になってしまう。

「どうして泣いているの？」

ジェイラスが困惑した様子で尋ねてくる。その言葉に、マリアンは初めて自分が涙を零していることに気づいた。

「……兄さんに女がいたことが、そんなに嫌なの？」

違う。そう言いたいのに、声が出なかった。マリアンは思わず顔を逸らした。

「マリアンは、……僕より兄さんが好きってことなのかな。……このドレスも、兄さんが贈ったものだよね。いつもは、僕の選んだものを着てくれているけど、特別な日には兄さんの趣味に合わせるんだ？」

どこか思いつめたようなジェイラスの声音に、マリアンは動揺してしまう。

「今日は……、お父様の選んでくれたドレスを着るって約束したから」

小さな声で言い訳するが、なぜかひどく疾しい気持ちになってくる。

「いつ？　僕の前で、そんな話なんてしていなかったよね。いつ約束したの。……もしかして、僕の目を盗んで、いつもふたりきりで会っているってこと？……会って、どんなことをしているの？」

ジェイラスはどうやら自分と同じように、ブレンダンもマリアンにキスしているのではないかと疑っているらしかった。

「……今朝、仕事に出かけるお父様にばったり会って……、そこで……、あ、……痛っ」

ぎゅっと強く腕を摑まれ、マリアンは痛みに息を呑《の》んだ。

「言い訳なんていいよ。マリアンが、僕以外の男が選んだドレスを着て、わざわざ化粧までしてきたことに変わりはないんだから。いつもつけてくれているネックレスも今日は外しているんだ？……へえ……」

普段の優しいジェイラスとは思えないほど、怒りに満ちた瞳で見下ろされて、マリアンは戦慄《せんりつ》を覚える。いったい彼はどうしてしまったのだろうか。

「お兄様……、放して……」

泣きそうになりながら訴えたときだった。

「なにをしている」

ブレンダンが、扉を開いて控室にやってくる。先ほどまで彼の隣にいた妖艶な女性は立ち去ってしまっているらしく姿が見えなかった。

「マリアンがお化粧までして、すごく綺麗になっているから驚いていただけだよ。兄さんの贈ったドレスを着るって、ふたりで約束していたんだってね。僕をのけ者にするなんて、ひどいな」

ジェイラスは少し長めの髪を掻《か》き上げながら、いつも通りの穏やかな声音で言い返す。さっきまでのことは、すべて白昼夢《はくちゅうむ》だったのではないかと疑うほどの豹変《ひょうへん》ぶりだ。

「……マリアンが……?」

ブレンダンは赤いドレスを纏ったマリアンを、じっと見つめてくる。

値踏みするような鋭い視線を一身に向けられて、マリアンは気恥ずかしさに、頬を染めてしまう。

「あまり見ないで。大人っぽいドレスだから、……似合ってないの……」

もごもごと言い訳するが、ブレンダンは黙り込んだままだ。そうして、しばらくマリアンを眺めていた彼だったが、ふいに破願《はがん》した。

「そんなことはない。とても綺麗だ。見違えた」

ブレンダンが褒めてくれることは滅多にない。マリアンは嬉しさに顔を綻ばせる。しかし、先ほどブレンダンが女性と寄り添っていた光景が脳裏を過《よぎ》って、マリアンは黙り込む。

彼の選んでくれたドレスは、マリアンよりも先ほど執務室にいた女性に似合う気がする。

つまりは、あの女性こそがブレンダンの理想と判断して間違いないだろう。

「どうした？」

マリアンの変化にいち早く気づいたブレンダンは、怪訝そうに尋ねてくる。

「恥ずかしがり屋さんだからね、マリアンは。滅多に聞けない兄さんの褒め言葉に戸惑っているだけだよ」

そう言いながら、ジェイラスはマリアンの背中を押してくる。

「さあ、行こう。我らのお姫様がご所望のパンケーキを食べに行こうか」

すると、ブレンダンは眉を顰めた。

「私は甘い物は好きではない」

「だったら他のものを注文すればいいよ。ほら兄さん、突っ立ってないで歩いてよ」

ジェイラスは、マリアンとブレンダンの間に割って入るようにして、腕を引いた。マリアンが意図せずして執務室を覗いてしまったことを、ブレンダンに気づかれないようにしてくれているらしい。

「どんなパンケーキなんだろうね」

愉《たの》しげな声をあげるジェイラスを見上げたとき、彼の瞳がまったく笑っていないことに気づく。

「どうしたの。早く行こうよ」

ジェイラスは幼い頃からずっと傍にいてくれた義兄なのに、まるで見知らぬ誰かを前にしているような緊張を覚えてしまう。

——そして、この時から、マリアンの幸せな日常は徐々に軋《きし》んでいった。

＊＊　＊＊　＊＊

馬車で向かった風見鶏亭は、予想以上の人で賑《にぎ》わっていた。

まるで中世の酒場を彷彿《ほうふつ》とさせる店の名だが、その通りらしい。五百年前から続いていた酒場が改装を繰り返すことで規模を広げて、今のような高級レストランに発展したのだという。総料理長の気分次第では、開店当時のメニューを注文することも可能で、ここで食べられない自国料理はないと言われているほどだ。

「レイン様。お待ちしておりました。こちらへどうぞ」

仕立ての良いお仕着せを纏ったスタッフが、店内へと案内してくれる。

見上げるほど高い天井、キラキラと輝くクリスタルのシャンデリア、金の浮彫で飾られたいくつもの鏡、艶《なま》めかしい女性の彫像。

隣席とはゆったりと距離をとって並んでいるテーブルは、お客さんで埋め尽くされている。夕食には早い時間だというのに、紳士淑女が着席して談笑を楽しんでいた。それほどここでの料理を楽しみにしているらしい。だが、彼らがブレンダンとジェイラスに気づくなり、どよめきが走る。

誰もがお近づきになりたいほどの地位と権力を持った人物の登場に、レストラン内が色めき立っていた。

どれほど会いたくとも、多忙のあまり面会の約束すらとりつけられないのが、レイン兄弟だからだ。誰しもがこの機会を逃したくないとばかりに、目を輝かせている。

「誰もこの部屋に通すな。適当にあしらって帰せ」

ブレンダンがスタッフに耳打ちすると、彼は恭しく礼をして了承する。

「かしこまりました」

三人は貴賓席《きひんせき》に通される。他の客たちとは完全に隔絶されている場所だ。この風見鶏亭には、この部屋と同じような貴賓席が三つほど用意されているらしい。入り口の場所は曲がり角や衝立《ついたて》で見えなくなっているため、他の部屋は窺えないようになっているみたいだった。

「お仕事の話があるなら、どこかで待ってるけど……」

自分のことは気にしなくていいと告げようとすると、ブレンダンが不機嫌そうな様子で一瞥《いちべつ》してくる。

「食事時まで仕事をするつもりはない。余計な気を回さなくていい」

「ごめんなさい」

確かにその通りだった。仕事の話など持ちかけられたら、ブレンダンやジェイラスは食事どころではなくなってしまうだろう。

「そうそう。マリアンはなにも気にしなくていいんだよ。さあ、なにを食べる？　ハロウインのパンケーキがついたデザートコースでいいのかな」

ジェイラスに尋ねられて、マリアンは大きく頷いた。

「デザートコース？　まさか食事ではなくデザートばかりが続くのか？」

甘い物が嫌いなブレンダンは驚愕した様子で尋ねてくる。

「そうだよ。いちおう途中で塩気のある食べ物も挟んであるみたいだけど、ほぼデザートオンリーみたいだね。女の子が好きそうなものばかりだよ」

メニュー表を見ながら、感心したようにジェイラスが言うと、ブレンダンは呆れたように溜息を吐いた。

「ごめんなさい……。他のものにしても……」

甘い物が嫌いなブレンダンの前で、そんなメニューを注文しようとするのは、考えなしだっただろうか。マリアンが他のものを頼もうとすると、ブレンダンとジェイラスが、即座に言い返す。

「構わない。好きなものを頼めばいい。マリアンがここのパンケーキを食べたいと言ったから来たんだ」

「遠慮なんてしなくていいんだよ。マリアンは好きなものを食べているときが、最高にかわいいんだから。幸せそうにしてくれたら、僕はそれだけで、天国にでものぼるような気持ちになるよ」

ブレンダンとジェイラスはそう言うと、お互いの顔を見つめ合う。

「よくも、そんな腐ったセリフがつらつらと言えるものだな」

「兄さんこそ、かわいい女の子と食事ができることを、もっと感謝した方がいいよ」

軽口を言い合うふたりを前にマリアンは、つい笑ってしまう。しかし、和《なご》やかな空気を壊すように、部屋の扉がノックされた。

そこには、店のオーナーらしき人が立っており、申し訳なさそうに頭を下げる。

「お人払いされているところに、申し訳ございません。ブライス首相が、どうしてもご挨拶したいと……」

人払いを命じられていても、さすがに首相相手では、店側も断ることができなかったらしい。この国は王制ではあるが、政治の実権を握っているのは首相だ。そんな人物までもが、彼らに会いたいと願いでてくるとは驚きだ。

「どういったご用でしょう」

ジェイラスが立ち上がり、余所《よそ》行きの顔で挨拶する。だが、ブレンダンは着席したまま、冷ややかに首相を一瞥する。

「いや、不肖の息子が、マリアン嬢とかねてより交際を望んでおりましてね。この機会に、お話しできれば……と」

首相の言っている息子とは、ロイド・ブライスという名の十七歳の青年だ。茶色いストレートの髪に黒い瞳をした好青年で、貴族の令嬢たちの間で素敵だと騒がれている人物だ。連れられて行った茶会で一度会ったことがあるだけで、ほぼ面識はないに等しい。

華やかで女性に人気の高い青年が、どうしてマリアンのような冴えない少女に交際を申し込むのか、さっぱり理解できない。しかし、レイン家と少しでも繋がりを持つためだと考えれば納得できる。

マリアンはレイン家で居候になっているが、血の繋がりはない。交際などしても、なんの利にもならないことが、傍目《はため》には解らないらしい。

「断る。マリアンと交際だと？　は……、虫唾の走る冗談はやめろ」

マリアンの返答も聞かずに、ブレンダンは冷たく言い返した。

「これ以上、ここに居座るつもりなら、私は国に預けている資金のすべてを回収させてもらう。それでもいいのなら、話の続きを聞かせてもらおうか」

相手は一国の首相だ。それなのに媚《こ》びへつらうどころか脅すような物言いで、部屋から追い出そうとするなんて、信じられない。

「マリアン嬢にその気がないのでしたら、仕方がありませんな。……わ、儂《わし》はこれで失礼させてもらう」

真っ青になった首相は、逃げ出すようにして、貴賓席を後にした。

「やっと静かになったか」

吐き捨てるようにブレンダンが呟く。

「目の前で喧嘩を売るなんてよくないよ。あの人にも立場ってものがあるんだから」

苦笑いしながら、ジェイラスが忠告する。

「気に入らないことがあっても、その場ではいい顔をして、後で陰湿な真似《まね》をしかけるお前の方が、よっぽど性質《たち》が悪いだろう。今度はなにをするつもりだ」

ブレンダンの返答に、一番驚いてしまったのは、マリアンだった。いつも優しいジェイラスが、そんなことをするなんて、信じられなかったからだ。

もしかして、ブレンダンは冗談を言っているのだろうか。

「だって、僕のマリアンを奪おうなんて、許せない提案をしてきたんだよ？　首相の座から引きずり下ろして、路頭に迷わせても気は済まないよ」

ジェイラスは天使のような微笑みを浮かべながら、恐ろしいことを言ってのける。

「……お父様、お兄様……、あの……」

動揺したマリアンが真っ青になっていると、ジェイラスがひらひらと手を振って見せる。

「うん？　マリアン、どうしたの？　今のは冗談だって。そんな顔しないの」

ついうっかり本気にしてしまったが、やはり冗談だったらしい。マリアンは安堵《あんど》にホッと息を吐いた。その後、三人で他愛もない会話をしていると、ほどなくして料理が運ばれてくる。

マリアンが注文したデザートコースは、ハロウィンをモチーフにしているせいか、カボチャを使ったものが多い。お化けや蝙蝠《こうもり》をかわいらしくデフォルメした飾りつけがしてあって、見た目にもとても楽しい料理だった。

ふとマリアンはブレンダンが、おいしそうにニンジンのグラッセを食べていることに気づく。あまり表情の変わらないブレンダンだったが、本当に幸せなときには、微かに口角が上がるのだ。

「お父様……、甘い物は嫌いなのに、グラッセは好きなの？」

不思議に思って尋ねてみると、ジェイラスが代わりに答える。

「兄さんはね。甘い物は好きじゃないけど、野菜を使ったデザートは好きなんだ。変わっているよね」

邸でもふたりはなにひとつ好き嫌いをせずに、なんでも口にしているため、好物や苦手な食べ物を知らないことに改めて気づいた。

「お兄様は、どんな料理が好き？」

この機会に、義父だけではなく義兄の好物も知っておきたくて、マリアンは尋ねる。

「作ってくれた人に感謝して、なんでも食べるよ」

どんな女性にでも優しくするジェイラスらしい返答だ。

「嫌いなものはひとつもないってこと？」

さらに尋ねると、ジェイラスはじっとブレンダンのステーキ皿を見つめる。

「兄さんの好きなものかな。兄さんの好物だって思うだけで、嫌になってくる」

「ほう。それはいい話を聞いた」

くくっと愉しげにブレンダンが笑うと、ジェイラスも口角をあげてみせる。しかしふたりとも瞳は笑っていない。

「悪いけど、ひとつだけ兄さんがいくら好きでも、嫌いになれないものがあるんだ。僕のいちばん好きなものでもあるからね」

「そんなことを言わずに、遠慮なく嫌えばいいだろう。ジェイラス。私がこの世でもっとも愛するものなのだから、嫌になればいい」

いったいなんの話をしているのか、マリアンだけが解らない。

「なんの話？　私にも教えてくれる？」

淋しい気持ちで尋ねる、すると、ブレンダンとジェイラスは、呆れた様子でこちらを見つめてくる。

「気づいていないのか。まったく君らしいというべきか、呆れるべきか」

「そこは、自分で探し出してみるべきじゃないかな。僕たちのことをよく見ていたら、解るはずだよ」

結局、義父と義兄の好きなものは教えてもらえないまま、食事を進めることになった。

ようやくパンケーキが運ばれてくると、マリアンは顔を綻ばせる。

「おいしそう」

ハロウィン限定のパンケーキは、いくつも並んだ薄いパンケーキの上にたっぷりとオレンジ色をしたカボチャのクリームが載っているものだった。その上から、真っ白い粉砂糖がかけられていて、飴細工でできた蝙蝠や、お化けの形をしたホワイトチョコレートが飾られている。

「いただきます」

クリームを口に入れると、カボチャの仄《ほの》かな甘さが、優しく口のなかで広がっていく。

マリアンはおいしいパンケーキに舌つづみを打ちながら、ふと、これならば、ブレンダンも好物なのではないかという考えが浮かぶ。

「お父様。……はい、あーんして」

カボチャのクリームを掬《すく》って、義父に差し出す。

「……な……」

ブレンダンは驚愕した様子で目を瞠《みは》った。

「きっと好きな味だと思う。食べてみて」

マリアンが笑顔で言うと、ブレンダンは一瞬躊躇した様子だったが、結局は素直に口を開いた。

「おいしい？　カボチャのクリームなの」

ブレンダンはなんだか所在無げに目を泳がせながらも、こくりと頷いてくれた。

「ああ、うまいな」

「そうでしょう？　連れて来てもらえてよかった。お父様もお兄様もありがとう。すごくおいしい」

パンケーキを切り取り、自分の口にもう一度運んで、パクリと食べたとき、痛いぐらいの視線を感じてそちらに目を向ける。すると、見る者が凍りついてしまいそうなほど、冷ややかな眼差しをしたジェイラスが、こちらを見つめていた。

マリアンはパンケーキを咀嚼《そしゃく》して、無理やり飲み込む。

「……お兄様……、どうしたの……」

酷《ひど》く肌がざわめく。緊張に声を震わせながら尋ねると、ジェイラスは微笑んでみせた。

「ん？　おいしそうだから、僕も欲しいな……と思って」

「もちろん。気が利かなくてごめんなさい。はい、あーんして」

ジェイラスにも同じように食べさせたのだが、今度はブレンダンがワイングラスを割れそうなほど強くテーブルに置いた。

「お父様？」

なにか気に入らないことでもあったのだろうか。不安になって、マリアンはブレンダンに声をかけた。

「ああ悪い、手が滑っただけだ。気にするな」

無表情のままブレンダンが答えるが、手が滑ったぐらいで、あんな音はしないはずだ。

マリアンが、話を聞こうとすると、ジェイラスが薄い笑みを浮かべながら言った。

「……手元には充分気をつけなよ。兄さん。もう若くないんだから」

ブレンダンはまだ三十三歳だ。それなのにまるで老人であるかのようにジェイラスは言ってのける。

「お前こそ、人の食事を自ら所望するとは、はしたないとは思わないのか」

するとブレンダンが冷ややかに言い返す。

「あ、あの……。ふたりともなんだか、顔が怖い」

おろおろとしながら、仲を取り持とうとした。すると、ふたりはあからさまに強張った笑顔を向けてくる。

「気にするな」

「怖くなんてないよ。なにを言っているの。……ほら、マリアン。お目当てのパンケーキなんだから遠慮せずに食べなよ」

なんだか、居たたまれない空気に、マリアンはおいしいはずのパンケーキの味が解らなくなってしまった。

第二章　義父と義兄が獣になった日

食事を終えて邸に戻ると、ブレンダンとジェイラスはすぐに自分たちの書斎に向かってしまった。出かけていたせいで、ふたりは今日の分の仕事がまだ残っているらしい。

食事の後は、オペラのチケットを用意してくれていたため、甘く切ない恋愛物を観劇して、その後は、ホテルのラウンジで生まれて初めてお酒を飲ませてもらった。

少しだけ大人の世界を垣間見た夜になった気がする。

甘いチェリーのリキュールを舐めるように飲んだだけだというのに、まだ身体がふわふわしていた。

マリアンは赤いドレスを脱ぐと、化粧を落としてお風呂に入った。

身体はすっきりとしたが、いっそう酔いが回ってしまった気がする。

逆上《のぼ》せそうだったので、早めにお風呂を後にして、いつものように肌触りのよいネグリジェを身に纏う。胸の下で切り替えになっていて、フリルやタックで飾られた愛らしい純白のネグリジェだ。

光に透けると身体のラインが露わになってしまうため、いつもブレンダンの寝室に行くまでは、ナイトガウンを羽織って行くことにしている。

今夜はふたりとも、仕事でベッドに入るのは深夜になるかもしれない。

ひとり寝は淋しかったが、後でふたりが傍に来てくれることは解っていたので、うたた寝をしながら待つことにした。

マリアンはおぼつかない足取りで、ブレンダンの寝室に向かう。思った通り誰もいないが、部屋の灯りはつけられていた。

自分が眠るのが遅くなる日でも、ブレンダンはいつもこうして、マリアンが少しでも安眠できるように気遣ってくれている。そのことがくすぐったいぐらい嬉しい。

ガウンを脱いで大きなベッドにのぼり、マリアンは中央に身体を横たえた。枕元には昔ブレンダンにもらった大きなクマのぬいぐるみがある。

今夜のように、ふたりが仕事で遅くなって、一人寝が淋しいときは抱きしめるのだが、今日は少しお酒が入っているせいか、ふわふわとした気分だ。ぬいぐるみの出番はなさそうだ。まだ酔いは残っていて、瞼を閉じるだけで、眠気が襲ってくる。

「……ん……。……おやすみなさい」

今日は目まぐるしい一日だった。

微睡《びすい》に身体を委ねると、オペラ歌手の甘い歌声や、おいしいパンケーキのクリームの味が思い出されてくる。しかし、ふいに執務室で寄り添うブレンダンと見知らぬ女性の姿や、金融街でジェイラスが女性に囲まれている様子が脳裏を過ってしまう。

幸せな記憶は一瞬にして黒い渦のなかに掻き消されていく。

ふたりが結婚することになれば、マリアンは邸を出ていかなければならない。

ただの居候がいては邪魔なのだから当然だ。邸を出れば、血の繋がりのないマリアンは、忙しい彼らに会う機会すらもなくなるだろう。

風見鶏亭で、挨拶すら拒まれていた紳士や淑女たちみたいに、ブレンダンやジェイラスと関わることができなくなる。

母にすら捨てられた自分を、優しく抱きしめて愛情を注いでくれたふたりの温もりは、永久に失われることになるのだ。

「……ふ……、ひ……く……っ」

泣いてはいけない。ブレンダンの寝室と彼の書斎はすぐ近くだ。泣いていては声が聞こえてしまう。マリアンが震えながらも涙を堪えていると、軽いノックの後でギィッと軋む音がして、寝室の扉が開かれていく。

「ねえ、マリアン。……まだ起きてる？」

声の主はジェイラスだった。彼はマリアンの部屋に忍んでくるときには、音もなくやってくるのだが、ブレンダンがいるかもしれない場所では、いつも礼儀を忘れない。

「もう、お仕事は終わった？　お疲れ様」

扉の方に顔を向けると、ジェイラスがパジャマ姿で、濡れ髪のままタオルで髪を拭きながら歩いてくる。

「仕事は明日にして、早めに切り上げてきたんだ」

ジェイラスはベッドに腰かけると、腕を挙げて軽く伸びをした。

「今なら、僕のお姫様とふたりきりになれるかと思ってね」

「……っ！」

意味ありげな言葉を告げられ、マリアンはとっさに身体を強張《こわば》らせてしまう。

「どうしたの？　目を丸くして。……そんな顔もかわいいけど、もっと他の顔も僕に見せて欲しいな」

ジェイラスは毛布を上げて、さっと隣に滑り込むと、マリアンの顔を覗き込んできた。

「……僕におやすみのキスをしてくれるよね」

お願いといった生易《なまやさ》しいものではなく、真綿で首を締めながら、笑顔で強制されているような威圧感と苦しさを感じる。

「きょ、今夜は……、したくない……」

女性慣れしたジェイラスにとっては、男女の触れ合いなど然《さ》して意味のない行為なのだと改めて思い知らされたばかりだ。対してマリアンは初恋もしたことのない身だ。

挨拶のキスのお返しに、いやらしい真似をされると解っていて、従うことなんてできない。遊び程度の軽い気持ちで、マリアンに触れないで欲しかった。

「嫌なの？　そっか。……でも、マリアンがキスしてくれないなら、僕がするからいいよ」

薄く笑うジェイラスに、マリアンは有無を言わせず、奪うように口づけられた。

「……ん、んぅ……っ！」

口腔への舌の侵入を拒むために、マリアンが歯を噛みしめたときだった。ジェイラスがいきなり覆いかぶさってきて、薄いネグリジェ越しに胸の膨らみが両手で掴み上げられた。

「え……っ、嘘!?」

幼い頃から愛情を注いでくれていた義兄のジェイラスが、胸の膨らみを揉《も》み始める。

動揺のあまりマリアンは唇を開いてしまう。すると、その隙に、ジェイラスは熱く濡れた舌を押し込んでくる。

「く……、んんぅ……っ」

抵抗の言葉を告げることもできない。深く唇が塞がれて、口のなかを舌で掻き回され始める。ぬるぬると熱い舌が絡み合う。その得も言われぬ感触に、マリアンはビクンと身体を引き攣《つ》らせた。

歯列が舌で辿られて、口蓋や下顎《したあご》の裏までヌルついた感触が這ってくる。

「……く……っ、ふ……ンンッ……。……や……っ」

顔を背けようとしても、すぐにジェイラスの唇が追ってきて、いっそう淫らに舌を絡められていく。

「……マリアン……っ、好きだよ。口の中、もっと味わわせて……はぁ……」

甘い声音で囁かれ、ゾクゾクと痺《しび》れが走る。そのままネグリジェ越しに摑まれた胸が、弄《なぶ》るようにして揉みしだかれていく。

「く……ぅっん……。は……ぅん」

マリアンは涙目になりながら、ジェイラスを押しのけようとする。しかし、力で敵《かな》う相手ではない。中性的に見えても彼は男性なのだと思い知らされる。

「だめ……、だめぇ……っ」

ジェイラスの大きな掌の中心で、マリアンの胸の膨らみを擦られたとき、突起の中心が硬く尖って、ネグリジェの布地がクッと押し上げられた。

「や……っ」

胸を隠そうとするが、ジェイラスに伸《の》しかかられているため、身動きがとれない。

「……乳首、勃《た》ったね。気持ちよくなってきた？」

恥ずかしい言葉を告げられ、マリアンの頬が朱に染まった。望んでいたことではない。

身体が勝手に反応してしまっただけだ。

「や……っ、ん、ん……」

首を振って否定しようとする。でも、いやらしく胸を揉み上げられながら、唇を塞がれているので、違うと訴えることすらできなかった

ジェイラスに薄赤い唇を貪られたまま、マリアンが瞳を潤ませていると、恍惚《こうこつ》とした表情で囁かれる。

「かわいい。そんな瞳で見つめられたら、今すぐにでも、ぜんぶ僕のものにしたくなるよ」

トクンと胸が高鳴る。まるで恋人に甘く囁くような声だった。ジェイラスは、マリアンをからかっているだけだというのに、まるで心からそう思っているかのような口調だ。

「……んんっ」

お願いだから、もうやめて欲しかった。

非難しようとしても、やはりなにもできない。逃げるすべもなく、なすがままになっていると、ジェイラスはクスリと笑んでみせる。

「感じるの、恥ずかしいんだ？」

硬く尖ったマリアンの乳首をキュッと摘《つま》み上げた。

布越しに触れられただけだというのに、ゾクリとした感触が身体を走り抜けていく。

ジェイラスの指先が感じやすい乳首を擦りつけるたびに、下肢の中心がひどく疼いてし

まう。太腿を閉じ合わせて、感覚を堪えれば堪えようとするほど、身体は熱く高ぶってしまっていた。

「く……、……んっぅ……、私……感じてなんて……」

マリアンが潤んだ瞳を切なく細めると、ジェイラスは満足げな表情で唇を離した。

口角にまで唾液が溢れたせいで、艶やかに濡れているマリアンの唇が、ジェイラスによってぺろりと舐められる。

「……あぅっ」

思わず顔を逸らそうとするが、頬に温かな手を添えられた。

「食べちゃいたくなるね。本当においしそうな唇だ。濡れてるせいか、いつもよりエッチにみえるよ。……ほら、もっとキスしよう？……ん……」

今度は啄《ついば》むように唇が吸われ、ぞくりと震えが走り抜けていく。

「お、お兄様……、こんなことは……やめ……」

泣きそうになりながら懇願するが、手を放してはもらえない。それどころか、擦りつけるようにして乳首を捏《こ》ね回され始めてしまう。

「や……やぁっ、………ん、んぅ……は……ふ、んん」

赤い唇を震わせながら、マリアンは息を乱す。吐き出す息が熱くて仕方がない。

「コルセットで押さえているみたいだから、もしかして……とは思っていたけど、こんなに胸が大きかったんだ？　すごいね。挟んだり舐めたりしたいな……」

なにを挟むのか……なんて、恐ろしくて聞けなかった。

「……手を放し……」

こんなところを義父に見られたら、義兄との関係を誤解されてしまう。

ブレンダンは仕事を終えて、いつ来るかも解らない状況だというのに、ジェイラスはまったく気にした様子もない。

「じゃあ、お姫様のお望み通りに、手じゃなくて歯で嚙んでみようか」

胸を弄っていた手が、ふいに外された。代わりにジェイラスの中性的な美貌が近づいて、マリアンの硬く尖った先端をクッと甘嚙みされてしまう。

「……あっ、ぃ……っ、……ん、んぅ……っ」

思いがけない痛みに、マリアンは大きく身体を跳ねさせた。いじわるな行為をしてみせたジェイラスは、すぐに乳首を解放してくれた。

「痛かった？　ふふ、ごめんね。優しく舐めて、慰《なぐさ》めてあげる」

嚙まれた微かな痛みはまだ残っていて、じんじんとした鈍い疼きが切っ先を苛《さいな》む。

赤い果実のような乳首を、ジェイラスはネグリジェの布越しに舌でクリクリと弄《もてあそ》ぶように嬲《なぶ》っていく。ぬるりとした感触とともに湧き上がる甘い疼きが、全身を駆け巡っていく。

無意識に擦り合わせていた太腿の奥に隠された秘裂の間が、きゅうっと熱く疼いてしまっていた。ジェイラスに弄られている胸だけではなく、身体中が疼いてしまっていた。

——こんな感覚は知らない。

頭のなかが朦朧《もうろう》としてしまって、欲しがるように腰をくねらすのをとめられなくて。

マリアンは泣き濡れた声で訴える。

「いや……、しないで……、なにもしな……で……、……んん、ふ……、……はぁ……、はぁ……」

濡れて張りついた布地の感触に、身体がひどく焦れてしまっていた。もっと触れられたいような、擦られたいような欲求がとめどなく生まれてマリアンの神経を苛《さいな》み、眩暈《めまい》がするほど体温が迫りあがってくる。

硬く隆起した乳首を、ジェイラスの熱く蠢《うごめ》く舌が弄ぶ。上へ押し上げられたり、舐めおろされたり、転がされたりするたびに、甘く痺れてしまって、身体がビクビクと引き攣《つ》るのをとめられない。

「……はぁ……、は……っ。お兄様……もう、やめて……」

息が、苦しい。濃密な空気に酩酊《めいてい》してしまいそうだった。

こんな風に自分がおかしくなってしまったのは、お酒がまだ身体に残っているせいだ。

マリアンは自分にそう言い聞かせる。そうでなければ、実兄のように慕っているジェイラスに触れられて、はしたなく身体を疼かせてしまうはずがない。

「さっき食べたデザートよりも、マリアンの乳首の方が、ずっとおいしそうだな。布越しじゃなくて、直接食べていい？　舌のうえで、蕩《とろ》かしてみたいな」

お願いだから、もうからかわないで欲しかった。

「いや……、いやぁ」

ぶるぶると震えながら訴えると、ジェイラスは途端に冷たい顔つきになる。普段の穏やかな彼とは別人のようで、ひどく恐ろしく思えてしまう。

「嫌？……僕じゃなくて、兄さんが相手の方がいいってこと？」

どうして今、ブレンダンの名前が出てくるのだろうか。

「……な、なにを言ってるの？」

マリアンは理解できずに、尋ねようとしたが、言葉を遮られてしまう。

「だめだよ。マリアンは僕だけのものなんだから」

ジェイラスは少し厚みのある形のよい唇を開くと、ネグリジェの布越しにマリアンの胸の小さな突起を咥《くわ》え込んだ。唾液に薄い布地はすぐに濡れそぼり、生暖かく乳首に張りついてくる。

「あっ、そんなとこ……、咥えな……でぇ、……ん……っ、ふ……」

拒絶の言葉は聞き入れられず、ジェイラスは熱い口腔でマリアンの乳首を包み込み、先端を熱い舌でねっとりと舐めあげていく。

「こんなに大きな胸でも、今まで誰にも弄られてなかったんだものね。まだ感覚が鈍いはずだけど。……でもこれからは僕が毎日こうして愛してあげるから、すぐに乳首だけで濡れるようになるよ」

ジェイラスは甘い声音で囁くと、顔を胸の膨らみに押しつけるようにして、乳首を深く咥え込み、チュッと強く吸い上げてくる。

「く……っ、んぅ……、あ、あふ……っ、いや吸っちゃ……、や……んん」

感覚は鈍くなどなかった。ジンジンと身体が疼くのをとめられないぐらいだ。

だめだ。毎日こんなことをされていたら、おかしくなってしまう。

「……は、放し……く……ふぁ……っ」

ふるふると頭を振って、マリアンはジェイラスの腕から逃れようとした。しかし距離をとることすらできない。

「だーめ、逃がさない」

そのままジェイラスの舌が、いやらしく上下になんども動いていく。

「……ぅ……んっ！　ん、んんぅ……」

濡れた熱い舌が乳首を嬲りながら動くたびに、鈍い疼きがマリアンの身体の芯にまで走り抜けていった。尿意に似た疼きが、下肢の中心に集まり、ぶるりと身震いを覚える。

「……あ……っ、……ぅ……」

身体を波打たせたとき、鼻にかかった甘い喘ぎが口を衝《つ》いて出た。

恥ずかしさのあまり耳を塞ぎたくなる。だが、ジェイラスにしっかりと押さえ込まれているためできなかった。

せめてもの抵抗に、マリアンが仰《の》け反りながらも首を横に振る。すると、ジェイラスはもう片方の乳首を抓《つま》みあげ、くりくりといやらしく擦り立てていく。

「ビクビクしてるね。……乳首、弄られるの気に入ったんだ？　感じている顔、すごくかわいいよ。ほら、もっと舐めてあげる」

そんなはずはない。感じてなどいない。マリアンはもうこんなことはやめて欲しいと思っているのに。

「いや……、いや、お兄様……、もう……放して……っ」

悲痛な声でマリアンが訴えたとき、寝室の扉がノックされた。

「あ……」

ブレンダンが仕事を終えて、寝室にやって来たらしかった。思っていたよりもずっと早い時間だ。マリアンは唾液で濡らされた胸を慌てて腕で覆い隠し、真っ赤になって俯《うつむ》いてしまう。それを見たジェイラスはクスリと笑うと、マリアンの身体の肩口まで毛布を引き摺《ず》り上げた。

「残念。今日の密会はここまでか。……さっきのことは、ふたりだけの秘密だよ」

念を押されなくても、こんなこと義父に言えるはずがなかった。

「マリアン。もう眠ったのか」

そう言いながらブレンダンは部屋に入ってくると、ジェイラスが横たわっているのとは反対側に腰かける。ガウンを羽織ったラフな姿でも、女性なら誰もが心酔してしまうほど麗しい。

「どうした。なんだか顔が赤いようだが？……今日ははしゃいでいたからな。疲れたのだろう」

ブレンダンは心配そうにマリアンの顔を覗き込んできた。

大きな手でくしゃりと頭を撫でられ、その温もりに泣きそうになってしまう。

「お父様……」

悲痛な声で義父を呼ぶと、彼は心配そうな表情で熱を測るために額を押しつけてきた。

「さほど熱はないようだが、医師を呼ぶか？　風邪なら早めに対処した方がいい」

マリアンのために、こんな夜更けだというのに、ブレンダンは医師を呼ぼうとしてくれる。ジェイラスからあんないやらしい行為をされて、淫らに喘いでしまった自分を心から心配してくれている。そう思うと、疚しさとはしたなさへの後悔で涙が零れそうになる。

「……大丈夫……だから……」

顔が赤いのは風邪をひいたせいではない。だが、理由など説明できなかった。

「そうか。辛くなったら、夜中でも遠慮なく私を起こすんだ。いいな」

いつもはきっちりと纏められているブレンダンの漆黒の髪が、風呂上がりのせいか、今はしっとりと濡れて前におりている。実はブレンダンは前髪をおろすと、ジェイラスと同じぐらい若い外見になるのだ。ブレンダンのこんな姿を見られるのは、家族だけだと思うと、少しだけ暗い気持ちが浮上した。

「おやすみなさい」

マリアンが声をかけると、ブレンダンも「おやすみ」と返して、額に口づけてくれる。優しい感触に安堵を覚えて、ホッと息を吐いた。すると、反対側にいるジェイラスが、マリアンの手にそっと触れてくる。

「……っ」

思わず息を呑むと、ブレンダンが怪訝そうに顔を覗き込んできた。

「どうした」

なにか言い訳しなければ。そう思い、マリアンはブレンダンにお願いする。

「……手を繋いで欲しいの。……だめ？」

義父ブレンダンに繋ぎ止めていて欲しかった。義兄ジェイラスによって、淫欲の沼地に引き摺り込まれそうになっている自分を、力強い手で繋ぎ止めていて欲しかった。

「それぐらい構わない。……まったくいつまでも子供みたいなことを言って、仕方のない奴だな」

呆れたような口調で返しながらも、ブレンダンは大きな手を繋いでくれた。

「……手なら、僕が繋いであげるのに」

反対側から甘い声音で囁いたジェイラスが、マリアンの指の間をそっとくすぐってくる。

「ん……」

マリアンは、くすぐったさに思わず喘いでしまいそうになるのを必死に押しとどめた。

「おやすみ。僕のマリアン。いい夢を」

ジェイラスは頬に口づけるふりをしながら、マリアンの唇を掠め奪う。

「ふふ、ごちそうさま」

甘く淫らな戦慄を覚えながらも、マリアンはふたりに手を握られて、夢のなかへと意識を沈ませていった。

＊＊　＊＊　＊＊

——翌日の夜更け。

マリアンは眠るための支度を済ませると、ブレンダンの書斎を訪ねて行った。

ジェイラスは、これからは毎晩マリアンに触れると宣言していた。

乳首を咥えこみ、いやらしく舐めしゃぶるあのいやらしい行為をされるなんて堪えられない。

寝室のベッドの上で、ふたりきりになってしまったら、ジェイラスはきっとマリアンの身体に触れてくる。それを阻止するために、ブレンダンと一緒に寝室に行きたかったのだ。

今までマリアンは、義父と義兄の仕事の邪魔を極力しないように努めていた。こうして急ぎの用もなく書斎に足を踏み入れたのは初めてだ。

「どうしたんだ。いったい」

マリアンの姿を見つけると、ブレンダンは怪訝《けげん》そうに理由を尋ねてくる。

「……あの……」

義兄の行動が怖い……なんて、理由を答えられるはずがない。

マリアンは言葉を濁して、ただ懇願した。

「お願い。……お仕事の邪魔はしないから、ここで待っていてもいい？　お父様と一緒に眠りたいの」

涙目で訴えると、ブレンダンが眉間に深い皺《しわ》を刻む。

「マリアン。……ここに来なさい」

厳しい声音にビクリと身体が引き攣る。

「ごめんなさい。邪魔よね……、やっぱり部屋で待ってる」

ブレンダンは多忙な身だ。昨夜の外食で時間を浪費させてしまったばかりなのに、これ以上マリアンのせいで気を散らさせるわけにはいかない。

自分の部屋のソファーで仮眠をとって、ブレンダンが眠る頃に深夜にベッドに忍び込む以外に方法はなさそうだ。マリアンはそう考えて、大人しく書斎を出ようとした。

――だが、しかし。

「私はここに来いと言ったんだ。聞こえなかったのか」

低く苛立ったブレンダンの声が、静まりきった室内に響いた。どんな屈強な男でも震えあがりそうなほど恐ろしい声音だ。

マリアンは彼を心底怒らせてしまったらしい。ここまで不機嫌になったブレンダンを見たのは、マリアンがレイン家にやって来て以来、初めてかもしれない。

「聞こえてる……」

マリアンは青ざめながら、恐る恐るブレンダンに近づく。そうして、執務机の椅子に座る彼の横に立った。マリアンが近づいてもブレンダンは無言のままだ。そっと彼を窺ってみると、なにもかも見透かすような怜悧《れいり》なサファイア色の瞳が、じっとマリアンを見据えていた。

「……っ」

やましさに思わずマリアンは所在無げに目を泳がせてしまう。

「私の瞳を見るんだ」

泣きそうになりながらも、ブレンダンの言う通りに彼を見返す。ブレンダンは固く唇を結んだまま、一言も喋らない。マリアンはカタカタと身体が震え出すのをとめられなかった。今は、冷静を装わなければならないというのに。

「マリアン」

冷ややかに名前を呼ばれて続けられたのは、彼の知るはずがない真実だった。

「……私のいない場所で、ジェイラスになにかされたのだろう。正直に話すんだ」

マリアンは思わず目を瞠った。

「……っ！」

――ブレンダンに、気づかれてしまった。なにも言っていないのに、どうして解ってしまったのだろうか。

ざっと血の気が引いていく。

ブレンダンは見るからに怒っている。きっとマリアンを軽蔑しているのは間違いない。

「……ち……」

『違う』と告げて、この場を誤魔化そうとしたが、それ以上言葉がでなかった。嘘を言おうとするマリアンを見咎めるように、ブレンダンの視線がいっそう鋭くなったからだ。

威圧感だけで、彼には嘘など通用しないと思い知る。

「……お兄様は……、私をからかっただけで……」

ブレンダンは、邸のなかで淫らな行為をするような娘など疎ましいはずだ。もしかして、今日限りで邸を追い出されてしまうのだろうか？　だが、マリアンに行くあてなどない。それ以上に、大好きな義父と義兄と離れるなんて耐えられなかった。

狼狽《ろうばい》のあまり青ざめているとブレンダンが悠然とマリアンの唇に指を伸ばしてくる。

「ジェイラスに、この果実のように赤く艶やかな唇を許したのか」

寡黙なはずの彼が、マリアンの唇を饒舌《じょうぜつ》に形容しながら、咎《とが》めてくる。

ブレンダンの硬い指の腹が、マリアンの唇のうえを辿る。すると、甘やかな痺れがじわりと湧き上がってきた。嘘を吐くことができず、マリアンはコクリと頷いた。すると、ブレンダンはピクリと片眉を上げてみせる。

「この透けるように白く美しい肌を吸われたというのか」

滑らかな肌をくすぐるように、頬や喉元へとブレンダンの硬い指の腹が辿って行く。ブレンダンはマリアンの肌をそんな風に感じていたのだと思うと、恥ずかしくてならない。肌が総毛立ち、心臓が鼓動を速め始める。ひどく息が苦しかった。

マリアンは俯いたまま唇を噛む。

「答えるんだ！」

ブレンダンは苛立たしげに激昂する。肌に刺さるのではないかと思うほど、鋭い声だ。

「……う、うん……」

ガタガタと身体が震え始める。涙がこぼれ落ちてしまいそうだった。

「この柔らかく膨らんだ胸も触れられたのか」

しゃくり上げそうになりながら、マリアンは力なく頷く。答えれば答えるほど、ブレンダンの機嫌は悪くなっていく。そうして、ついにブレンダンの手はマリアンの下肢へと向かった。グッと腰が掴まれ、鋭い眼差しを向けられる。

「包み隠さず話すんだ。……ジェイラスに抱かれたのか」

「え?」

どういう意味だろうか。返答に困って唇を閉ざしていると、バンッと机の上が叩かれ、ビクリと震えあがってしまう。

「君はまだヴァージンなのかと聞いている!」

ブレンダンの問いは、ジェイラスに抱きしめられたかどうかではなく、処女を捧げたかどうかを尋ねているらしかった。

「……まだ……私は、誰とも……」

視界が霞《かす》むほど涙が潤んでしまっていた。胸を弄られはしたが、ネグリジェ越しだったし、純潔を散らされてはいない。

正直に答えると、ブレンダンは安堵した様子で少しだけ息を吐いた。

「そうか。そこまでは手を出されていなかったのか。……いつからだ？　私に隠れて、いつからそんな関係になっていた」

ここまできたら嘘を吐いてもしょうがない。

「一カ月ほど前に、寝起きにいきなりキスされて……」

ブレンダンは、ジェイラスにキスをされた始まりから、淫らな行為の詳細を、マリアンに話すように命じた。

羞恥に蹲《うずくま》ってしまいそうになりながらも、マリアンは正直に答える。話を聞き終わる頃には、ブレンダンは凍りついてしまったかのように、無表情になっていた。

「……解った」

一言だけ呟くと、そのまま黙り込んで、じっとマリアンを見つめてくる。精悍で整った面立ちに怜悧な表情が浮かべられると、まるで絵画に描かれた軍神のような勇ましくも恐ろしい形相に見える。

邸のなかでは見ることのできない、実業家としてのブレンダンを垣間見た気がした。

そうして、書斎に長い沈黙が流れる。

ブレンダンは黙り込んで、マリアンを見据えたままだ。

「あの……お父様……？」

居たたまれずに、マリアンは声をかけるがブレンダンからの返答はない。

邸から出て行けと言われる前に、自分から去った方がいいのだろうか。しかし、ブレンダンとジェイラスのいないところで生きるぐらいなら、いっそ命を絶ってしまいたいぐらいだ。それほどまでに、ふたりはマリアンのすべてになっているのに。

「それで、君はどうしたいんだ」

「え……、私……？」

おもむろに尋ねられて、マリアンは目を丸くした。

「ジェイラスを受け入れるつもりなのか。それとも私に、あいつから助けて欲しいのか。どちらだ」

マリアンは、ジェイラスが淫らな行為でからかってくることを、やめて欲しいと願っていた。マリアンは恋もしたことがない。女性から引く手あまたの彼の暇つぶしにはなりたくないからだ。

「お兄様は私なんてからかわなくても……、お相手はいくらでもいるのに……」

戸惑いながら答えると、ブレンダンが追及してくる。

「あいつが本気で君を愛しているなら、受け入れるつもりがあるとでも？」

「……私を愛するなんて、……そんなことあるはずが……」

マリアンが言い返そうとすると、ブレンダンは真摯な顔で見つめてくる。冗談を言っているようには見えなかった。まさかそんなことがあるのだろうか。

「……私を……、お兄様が本気で……？」

ブレンダンとジェイラスのことを、マリアンは家族として心から愛していた。恋愛感情など持つなんて、考えたこともない。しかし、もしもふたりにそういう対象として、見られたのなら……。

あの愛の言葉の数々が、心からのものだったとしたら？

想像するだけで恥ずかしくなってしまって、マリアンは真っ赤になって俯いてしまう。

「あ、あの……私……、ど、どうしていいか……」

手を胸に当てて、ギュッと瞼を閉じる。心臓が早鐘を打っていた。マリアンが激しく動揺していると、いきなり腕が強く引っ張られた。

「……え……っ」

瞼を開くと、そこにはブレンダンの精悍な美貌があった。吸いこまれそうなほど鋭く美しいサファイアの瞳が、マリアンをじっと見つめていた。

「……私よりも、ジェイラスを選ぶのか」

どうして『ジェイラスが、マリアンを本気で愛していたらどうする』という問いが、そんな風に変わってしまったのだろうか。彼の意図が読めずにマリアンは困惑する。

「君は、ジェイラスよりも私の方が好きなはずだ。そうだろう？」

どちらの方が好きか……なんて、マリアンは考えたこともない。同じぐらい大切で、同じぐらい大好きな、かけがえのない相手だ。

「私は……」

自分の気持ちを正直に告げようとした。しかし、答えを待たずにブレンダンの顔が近づいてくる。マリアンは目を瞠った。

「……っ⁉」

あっという間のことだった。彼の薄い唇が開いて、いきなり唇を奪われてしまう。

「……んぅ……っん……」

マリアンよりも、少し冷たい感触に唇が包まれ、呼吸の仕方すら解らなくなる。

「んんっ⁉」

なぜ自分は、義父であるブレンダンに口づけられているのだろうか。

いくら考えても答えなど導きだせない。ブレンダンからのとつぜんのキスに、マリアンの頭のなかが真っ白になってしまっている間に、舌が押し込められた。

「……ん……ぁ……っ」

口腔のなかで熱くぬるついた舌が蠢く。感じやすい舌のうえをゾロリと擦りつけられ、身震いが走り抜けていった。

「んぅ……、ふ……っ」

ぬるついた舌がなんども絡められ、切なく胸の奥が締めつけられる。柔らかな舌が吸い上げられ、咽頭が震えた。

ぬるぬると擦れ合う感触に、喉の奥から込み上げるような欲求が募る。

「は……ふ……っ、お……と……ぅさ」

助けを求めるような声で、呼びかけようとした。しかし抵抗など許さないとでもいうように、角度を変えて唇がいっそう強く塞がれた。

「……んんっ！」

逃げられないように後頭部を押さえつけられ、痺れるほど強く舌を吸い上げられていく。身体の芯からゾクゾクするほど、ブレンダンの舌は巧みだ。

拒まなければならないのに、腰が抜けそうなほど激しい口づけから、逃れられない。

そうしている間にも、ブレンダンに口腔中を熱い舌で掻き回され、マリアンは息も絶え絶えになっていく。

「……ふ……、ん、んぅ……っ」

身体中が甘く痺れてしまっていた。マリアンが切なく瞳を細めると、ブレンダンは艶めかしく身体を弄《まさぐ》り始める。

「あ、ふ……っん……く……」

どうして生真面目なブレンダンまで、家族であるマリアンにこんな真似をしてくるのだろうか。ふたりのような男性ならば、望むだけの女性を得られるのに。

もしかして苛立ちの憂《う》さを、淫らな行為で晴らそうとしているのだろうか？　そんなことが受け入れられるはずがない。

「……や……っ」

マリアンは、瞳を潤ませることで放して欲しいと懇願する。それに気づいたブレンダンは唇を離すと、咎めるような声で尋ねてくる。

「ジェイラスはよくて、私に口づけられるのは嫌なのか」

言いがかりだ。ジェイラスからの口づけも、マリアンは歯を食いしばることで拒んでいたのだ。

「違う……っ。そんな……私は……」

どちらかはよくて、どちらかは悪いという問題ではない。家族はこんな口づけをしないはずだった。

「……ど、どうして私に……こんなこと……」

「消毒だ」

ブレンダンは当然のように言い放つ。

「今から君を罰し、同時にあの男に穢された身体を隅々まで清める必要がある」

やはり生真面目なブレンダンには、マリアンが悪戯で身体を弄られたことが許せなかったらしい。

「お父様の言う通りにする。だから、嫌いにならないで……」

潤んだ瞳で訴えるとブレンダンは、マリアンの柔らかな頬をそっと撫でた。

「私が君を嫌うわけがないだろう。怒っているのは、勝手な真似をしたジェイラスに対してだけだ。しかし、拒みきれずに愛撫《あいぶ》を許した君には罰を受けてもらう」

これが罰だというのなら、気の済むようにして欲しかった。それで、ブレンダンやジェイラスと離れずに済むのならば、どんなことでも耐えられる。

「……はい……」

マリアンがコクリと頷くと、ブレンダンは厳しい声音で言った。

「机に手をついて、尻をこちらにむけなさい」

言われるままにマリアンは、ブレンダンがいつも仕事をしているウォルナットの重厚な執務机に手をつく。

「まずは、仕置きだ」

ナイトガウンとネグリジェの裾が捲り上げられ、純白のドロワーズが露わになる。

「お父様……、いったいなにを……」

訝《いぶか》しく思いながら尋ねると、当然とばかりに言い返された。

「悪い子への仕置きなのだから、ひとつしかないだろう」

そうしてドロワーズの紐が解かれ、透けるように白くまろいお尻が露わにされた。

マリアンはきゅっと太腿を閉じ合わせながら俯いた。恥ずかしすぎる格好だ。

従順な性格で反抗や悪戯という行為とは無縁だったマリアンは、今まで一方的に暴力を振るわれたことはあっても、こういった罰を与えられたことはない。

こんな年になってから、生まれて初めての仕置きをされるとは思ってもみなかった。

「君は、他の男に唇を許した」

ブレンダンは冷ややかな声で呟くと、パンッと大きな音を立ててマリアンのお尻を叩いた。痛みに涙が出そうになるのを、懸命に堪える。

「肌を吸わせた」

ふたたびパンッとお尻が叩かれる。先ほどの痛みがまだ残っている状態だ。さらに痛みが走っていく。

「……んぅ……っ」

ビクンと身体を引き攣らせながらも、呻《うめ》きを押し殺した。この痛みを堪えなければ、ブレンダンは許してはくれない。

「胸を、弄らせた……。ああ、吸わせたのか……？」

なにもかも見透かしているかのように呟かれ、ギクリと身体が強張る。すると、今までで一番力強くお尻を叩かれた。あまりの痛みに、つい声が漏れてしまう。

「あぅ……っ！」

前につんのめってしまいそうになるのを、手で懸命に支える。

「本来なら、ジェイラスに口づけられた数だけ、仕置きしたいところだが……」

口腔への侵入は懸命に拒んでいたものの、一カ月ほぼ毎日のように口づけられていた。触れられた数だけこの調子で叩かれていては、お尻が腫《は》れ上がってしまうだろう。

「……ご、ごめんなさい……。許して……お父様……」

マリアンは泣き濡れた声で訴えた。家族で淫らな行為をすれば、生真面目なブレンダンが気を悪くするのを解っていながら、拒みきれなかったことは、許されることではない。

申し訳なくてしゃくり上げ始めると、ブレンダンは叩くのをやめて、ジンジンと痛むお尻を慰めるように優しく撫でてくれる。

「君も反省しているようだ。仕置きはここまでにしておく」

これからは、淫らな行為に及ばれる前に、ちゃんと拒絶しなければ。マリアンは自分自身にそう言い聞かせた。

「……これからは……、気をつける……」

涙を零しそうになりながら、マリアンが宣言すると、ブレンダンは後ろからそっと抱きしめてくる。

「そうだ。それでいい。この身体にジェイラスの手を二度と触れさせてはいけない。わかったな」

マリアンがこくりと頷いたときだった。羽織っていたナイトガウンがブレンダンによって脱がされて、床に落とされてしまう。

「え……？」

薄いネグリジェを纏っただけの心許ない姿にされて、肌がざわめく。

男性の筋肉質な胸を後ろからグッと押しつけるようにして、抱きすくめられた。

「これからは、消毒の時間だ」

低い声音で耳元に囁かれると、ゾクリと身体に震えが走っていく。得も言われぬ不安が、胸に去来《きょらい》していた。

もしかしてブレンダンも、淫らな行為に及ぼうとしているのだろうか？

まさか。そんなはずはない。生真面目なブレンダンに限って、そんなはずはないと信じたかった。

「……お父様……消毒って……」

あり得ない自分の考えをどうか否定して欲しかった。違うと言って欲しかった。

だが、つい先ほど消毒と称して唇を奪われたばかりだ。マリアンは疑惑を抱きながら尋ね返す。すると背後から、胸の双《ふた》つの膨らみが掬い上げられるようにして、ブレンダンに摑まれた。

マリアンは目を疑う。しかし、紛れもなくブレンダンの手はマリアンの胸に触れていた。

「こんなに育っていたのか。……ジェイラスが血迷うのも無理はないな」

彼の大きな掌が、柔々と乳房を揉み始めた。マリアンは現状が受け入れられずに、声を震わせてしまう。

「……や……、お父様。そんなところ触らないでっ……」

懸命に訴えるが、ブレンダンは手を放そうとはしない。それどころか、次第に力を込めて柔肉を揉みしだき、乳輪を指の腹で何度も擦り始める。

「あっ……放して……」

マリアンは逃げようとするが、ブレンダンの腕のなかに閉じ込められ、身動きできなかった。いくら家族でも、容易に触るような場所ではない。

「なぜだ？ 子供の頃は、風呂に入れてやったこともあるだろう。こうして肌を擦って、身体を洗ってやったはずだ」

確かにブレンダンは一緒にお風呂に入ってくれたことがあった。しかしそれは幼い頃のことで、大きくなってからは一度もない。

「……わ、私……、もう子供じゃ……」

少しでもブレンダンから離れようと机にしがみつこうとした。しかし、反対に引き寄せられて、弄ぶように胸の膨らみを揉まれてしまう。

「確かに、身体だけはよく育ったものだ」

　感心した様子の声に、恥ずかしくて頬が熱くなる。そして泣きたくなった。

「ん……っ、……身体だけじゃない」

　マリアンは読み書きすらできなかった子供の頃とは違う。ひとりでなんでもできるようになったし、勉学も身に着けることができている。

「立派なレディならば、言い寄る男ぐらいあしらえるものだ。今の君を自分で顧《かえり》みてみろ、ぶるぶる震えてまるで生まれたての小鹿《バンビ》だ」

　ブレンダンの言うように、マリアンは身体に触れられても逃げることすらできない。

　でもそれは、相手がブレンダンとジェイラスだからだ。彼らでなければ頬を殴りつけてでも逃げ出している。今こうして力が入らないのも、家族であるブレンダンに、大きく育った胸を掴まれているからだ。

「……それは……恥ずかしいから……」

　掠れる声で訴える。もう放して欲しかった。罰を与えるにしてもやり過ぎだ。

「私に触れられて、恥ずかしいのか？」

　ブレンダンは愉しげに喉の奥で笑って見せる。

「……当たり前よ……」

　マリアンにはいったいなにがおかしいのか、さっぱりわからなかった。

「羞恥心を抱くのはいい傾向だ。……私を男として見ている証だからな」

「お父様……？」

どういう意味か解らず首を傾げていると、耳裏から項《うなじ》を、なんども啄《ついば》まれ始める。

「や……っ、くすぐったい……。あ……、お父様、いや……」

ブレンダンの高い鼻梁が、肌に擦れる。その感触にすら疼いてしまっていた。

首筋を唇で辿られる間にも、マリアンの胸は弧を描くように、揉み揺さぶられた。

指や掌に薄赤い突起が擦れて、ひどく身体が昂ってくる。そんな風に触れられたら、また乱れてしまう。だめだ。そう思うのに、薄赤い突起がツンと隆起していく。

「……いや……っ」

マリアンは恥ずかしさに唇を噛んで、顔を背けた。

「こんなに簡単に乳首を勃たせるほど、ジェイラスに慣らされたのか」

忌々しそうにブレンダンが呟く。

「慣らされてなんて……、お兄様は、昨日……そこに初めて……触れてきて……」

躊躇《ためら》いがちにマリアンが答えると、ブレンダンが叱責してくる。

「回数など関係ない。腹立たしいことには違いないのだから」

「……ごめんなさい……」

目の奥がジンと熱くなる。今にも涙を零してしまいそうだった。

「ジェイラスのしたことを、君が謝るな。不愉快だ」

マリアンを責めるように、ブレンダンはキュッと硬く尖った乳首を抓んでくる。

乳首の側面を指の腹で擦りつけるようにコリコリと刺激されると、鈍い疼きが身体を走り抜けていく。

「……んぅ……っ！　お父様……、やめ……っ、あ」

指の動きに呼応するように、マリアンはプラチナ色に輝く髪を波打たせながら、ビクンビクンと身体を引き攣らせてしまう。すると、指の腹で挟み込むようにして乳首が抓まれ、大きな胸の膨らみがいっそう強く揉みしだかれた。

「あ、あっ。はぁ……、はぁ……、……いや……、そんなに強くしないで……っ」

息を乱しながら訴える。でもブレンダンの手はとまらない。

「男を誘うような、いやらしい膨らみだ。今までどうやって隠していた？」

女の扱いに慣れた巧みな指の動きに、マリアンは膝を震わせてしまう。マリアンは立っていることができなくなって、身体を支えようと机に腕をついて寄りかかった。

「いつもは……、コルセットで……締めつけて……」

胸が膨らみ始めた当初は、どうしていいか解らずにただコルセットで押さえつけていただけだった。しかし、隠そうとすればするほど、本人の意思に反するように大きくなってしまったのだ。

今では華奢《きゃしゃ》で小さな身体に不釣合いなほど、胸が膨らんでしまっていた。

「内臓が圧迫されると身体に悪い。もうやめなさい」

こりこりと乳首を上下させながら、柔肉を大きな掌で揉み解《ほぐ》すように胸が弄られ、いっそう息が乱れてしまう。

ブレンダンの腕のなかで、乳房や乳首を攻め立てられるたびに、体温が上がって行く。

「は……、はい……。……ん、んぅ……」

艶を帯びた喘ぎが零れるのと同時に、熱い吐息が洩《も》れる。

「しかし、これだけ感じやすければ、締めつけておかないと、ドレスに擦れて喘いでしまうかもしれんな」

きゅっと硬く尖った乳首が強く引っ張られて、鈍い痛みに背中を仰け反らせてしまう。

「……あ、あぁ……、……もぅ……、そこ、ばかり……触っちゃ……や……ぁ……」

身を捩ると、胸を揉んでいたブレンダンの片手が外された。しかしその手はマリアンの身体からは離れず、撫でさするように腹部や太腿を這いまわり始める。

「他の場所も触って欲しいのか」

弱い部分に触れられるたびに、マリアンはビクビクと身体を跳ねさせてしまっていた。

「……ち、違……っ」

スキンシップの多いジェイラスとは違い、ブレンダンはマリアンが手を繋いで欲しいと頼んだときや、褒める際に頭を撫でてくれるときぐらいしか触れてくれることはない。そのブレンダンの手が、今はマリアンの身体中に触れているのだと思うだけで、恥ずかしくて心臓が壊れそうだった。

「はぁ……、は……ん、んんぅ……、お父様……もうやめて……」

乳首を攻められるたびに、腹部や内腿《うちもも》の弱い場所を触られるたびに、身体がひどく疼いてしまう。マリアンは湧き上がる快感を必死に押さえこもうとするが、堪えきれない。

指だけで達してしまいそうになって、ぶるりと身震いしてしまう。

「まだ消毒が済んでいない。ジェイラスに触れられた記憶が消せるまで、やめるつもりはない。大人しくしていろ」

初めての口づけを奪われ、いやらしく乳首を弄られた記憶は、容易に消せるようなものではない。ジェイラスにはつい昨夜、男の人の指や唇の感触を、教え込まれたばかりだ。

いきなり忘れるなんて不可能だ。

「そんな……」

忘れることができなければ、ブレンダンの淫らな行為はいつ終わるというのだろうか。

永遠にこのままなのだろうか？　マリアンは愕然《がくぜん》としてしまう。

「油断も隙もないとはこのことだ。まさか、清廉《せいれん》な顔をしていた君が、陰で他の男に快楽を与えられていたとは……。これだから、女は恐ろしい」

野生の獣が威嚇するような低い声音でブレンダンが呟く。

「わ、私は……望んでいたわけじゃ……」

もう、どうか許して欲しかった。ブレンダンが身体を弄り、乳首を攻め立てるたびに、変な声が出てしまいそうになる。このままでは、おかしくなってしまう。

「望まないというなら、ジェイラスが贈ったネックレスを嵌め続けている理由はなんだ」

マリアンが眠るときも、いつも身に着けているネックレスを、ブレンダンは器用に外すと、執務机の上に放り出す。

「……あっ」

蝶の透かし彫りがされた金のミニチュア懐中時計がペンダントトップになったネックレスだ。それは、幼い頃にジェイラスから誕生日プレゼントとして初めて贈られたものだ。同じ日にブレンダンにもらったクマのぬいぐるみも、ベッドの枕元においていて、いつも一緒に眠っている。

ネックレスは、マリアンが家族として迎えられた記念として大切にしているものだ。幸せの象徴だったネックレスが外されたことに、ひどく泣きたくなった。

「あの男に惚れているのではないのか」

恋をしたことのないマリアンには、よく解らない。ブレンダンやジェイラス以外の男性に、好きという感情を抱いたことがないのだから。

「……私は、お兄様を家族だとしか、思ってなかったのに……」

アメシストの瞳を潤ませながら訴えかけると、ブレンダンはマリアンの腹部を撫でていた手をさらに下げて、薄い茂みの奥に隠された割れ目にまで指を辿らせていく。

「……っ！」

誰にも触れられたことのない秘部に、義父の手が這い始める。マリアンの秘裂はじっとりと濡れてしまっていた。そのせいで、ブレンダンの指先が蜜《みつ》に塗れていく。

「口づけを受けて、少し胸を弄られただけで、もうこんなにも濡れているのか。ジェイラスの手で、随分淫らに躾けられたものだな」

呆れたような声で尋ねられ、眦《まなじり》から涙が零れそうになる。恥ずかしさのあまり、今すぐにでも逃げ出したかった。しかし、ブレンダンに抱きすくめられている格好では、逃れようもない。

「女の身体は性に貪欲《どんよく》だ。君は、ジェイラスに触れられることを、内心では悦《よろこ》んでいたのではないのか」

マリアンはブレンダンとジェイラスに対して、本当の家族のような信頼と愛情を抱いていた。淫らな行為をされるなんて、想像したこともなかった。悦んでいたはずがない。

「本当に……、私」

懸命に否定しようとした。だが、大きな掌がマリアンの恥毛ごと秘部を包み込み、柔々と弄り始める。太腿の間でじっとりと濡れそぼった秘裂を包み込んでいる媚肉《びにく》は、快感にふっくらと膨れていた。ブレンダンの手に擦られるたびに身体が疼いて、求めるように腰が揺れてしまっていた。

「……あ、あぁっ、そこ……、弄らな……で……、いや、や……」

懸命に訴える。だが、ブレンダンやジェイラスに抱きしめられると、マリアンの心臓は壊れそうなほど高鳴るのだ。もっとして欲しいと、心が強請《ねだ》っているかのように――。

こんなことを知られてしまったら、きっと穢れた女だとブレンダンに嫌悪されて、邸から追い出されてしまう。だから、マリアンは必死に頭《かぶり》を振って、ブレンダンの問いを否定し続けていた。

「ん、んぅ……私、悦んでなんてない……。……ちゃんと、お、お兄様に……、やめてって、……お願い……していたのに……あ、ぅ……ンンッ」

しかし、興奮に膨れた媚肉を掌のなかで弄ばれ、中指で濡れた秘裂を擦りつけられるたびに、誘うように腰を揺らして身悶《みもだ》えてしまう。

「今みたいにか?」

ギクリと身体が強張る。すると、ブレンダンは鼻先でせせら笑った。

「もの欲しげに腰を揺らしながら、甘い声音で嫌がってみせたって、男はいっそう欲情するだけだ。わかっていてあいつを煽《あお》っていたのか」

そんなことは知らない。まだ穢れを知らない身であるマリアンにわかるはずがないのに。

「……ち、違う、……本当に私は……っんん！」

マリアンは一生懸命、首を横に振って否定する。だが、くっと耳殻《じかく》を甘噛みされて、言葉をそれ以上は紡げなかった。

「悪い子だな。男を誘惑するとは」

ブレンダンは耳殻のこりこりとした軟骨《なんこつ》の感触を愉しむように唇で食《は》むと、耳裏や耳孔のなかにまで舌を這わせていく。

「あ、……はぅ……っん……。……し……、舌……、入れちゃ、私……、やぁ……」

ブレンダンの濡れた熱い舌に、細部まで耳殻を丹念に舐めしゃぶられると、全身に甘い痺れが駆け抜ける。

「舌を入れたら？　どうなるんだ？」

耳奥にまでぬるりと尖らせた肉厚の舌を押し込まれ、ゾクリと身震いが走り抜けていく。感じ入ってしまったマリアンは、一際高い喘ぎを漏らしてしまう。

「……あ、あぁっ！」

火を点けられたかのように、身体の奥底まで熱く昂る。とどめようもなく熱く震える淫唇の狭間から、粘着質の蜜が滲み出していた。

「感じるんだろう。認めろ」

卑猥《ひわい》な肉襞《にくひだ》を指先でくすぐっていたブレンダンは、いち早くそのことに気づき、責めるような口調で尋ねてくる。

「こんなにも濡れやすい処女など稀有《けう》だ。もしや君は私を謀《たばか》っているのではないだろうな」

ブレンダンはなにを言っているのだろうか。

「……え？　お父様……なにを……」

マリアンは困惑して、後ろから押さえつけてくるブレンダンを振り返ろうとした。

「本当は、もうジェイラスに身体を許したのではないかと聞いている」

身体を許す。つまりは純潔を捧げたのではないかと、ブレンダンは尋ねているのだ。

「……わ、……私、嘘なんて……言ってない」

マリアンは先ほど尋ねられた問いに、正直に答えたばかりだ。それなのに、どうしてまた疑われなければならないのだろうか。疑われていることが悲しくて、マリアンが切なく眉根を寄せていると、ブレンダンは硬質な声で呟いた。

「まあいい、確かめればいいだけだ」

身体を拘束するような格好で抱きしめられ続けていたのだが、その腕が解かれる。マリアンは、いやらしい行為をやめてもらえるのでは……と安堵した。しかし、ブレンダンが背後に跪《ひざまず》いたことに気づいて首を傾げる。

「お父様……？」

ネグリジェは捲られたままだ。そんなところに跪《ひざまず》かれたら、濡れそぼった秘裂や太腿がすべて見えてしまう。

「あっ！　やめて……っ」

慌ててネグリジェの裾をおろそうとしたが、その前に顔を近づけられてしまう。これではたとえ裾をおろしても、ブレンダンの視界からは隠せない。

そのままマリアンの足が、大きく広げた格好で抱え込まれた。ブレンダンの指が這って、むっちりとしたお尻の割れ目を指で押し開かれてしまう。

固く閉ざした後孔も、うねった柔毛の奥に隠された媚肉も、淫らに硬く尖った花芯もなにもかもすべてが、ブレンダンの視界の前にさらされてしまっている。

「……いや……、そんなところ、見ないで……」

マリアンは卑猥な部分を義父の目の前に曝《さら》け出していることが受け入れられず、ブルブルと頭を横に振る。しかし、ブレンダンは静かに観察する眼差しでマリアンの秘めやかな肉襞を見つめていた。

「色は綺麗だな。使い込んでいるようには見えない」

どうやらブレンダンは、マリアンの懇願を聞き入れるつもりはないらしかった。

次に、ふっくらとした媚肉が割り拡げられ、ヒクついた陰唇や震えながら硬く尖った肉芽が露わにされてしまう。

「……あっ、ああ……っ」

羞恥のあまり頭に血がのぼり過ぎて、クラクラと眩暈がした。

「も……、もう放して……、私、そんなところ誰にも……」

誰にも見せたことのない場所だ。ジェイラスには唇を奪われて、胸を弄られただけだ。下肢にまで触れられた覚えはない。

お願いだから信じて欲しかった。だが、ヒクンヒクンといやらしく震えるマリアンの蜜口を、ブレンダンは観察し続ける。

「やはり、いやらしい蜜がたっぷりと溢れているな。……ジェイラスにキスされたときも、こんな風に濡らしていたのか」

これ以上の辱《はずかし》めには堪えられそうもなかった。しかも相手は、清廉で生真面目だと信じていた義父のブレンダンだ。

すべては悪い夢で、目が覚めたらなにもかもが元通りになっているのではないかと、思えてくる。今すぐに意識を失ってしまいたい。そして、一刻も早くこの淫らな夢から醒《さ》めたかった。

「……わ、解らな……い……」

泣きそうになりながら、マリアンは濡れた声で言い返す。

「解らないはずがないだろう。自分の身体だ。自分自身が良く知っているはずだ」

ジェイラスに胸を弄られたときは、動揺のあまりそんなことを気にかける余裕などなかった。寝室に戻ってきたブレンダンに、淫らな行為をされていたと気づかれたくなくて、必死だったのだ。

「覚えていないの……、……う、嘘じゃないのに……」

しゃくり上げそうになりながら訴えたときだった——。

疼く媚肉に熱い吐息が吹きかかって、ねっとりと濡れ蠢くものが、マリアンの秘裂を這い始める。

「……ひ……っ、ん、んぅ……！」

マリアンは一瞬、なにをされているのか解らなかった。しかし、遅れてブレンダンの長い舌が、蜜に塗れた媚肉の狭間を舐めているのだと気づく。

そんなところを舐めるなんて、おかしい。

「いや……、いやぁ……、お父様、なにをするの……っ」

机の上に逃げようとするが、片足を抱え込まれているため、身動きができなかった。

そのまま無防備に震えている肉びらや、硬く膨らんだ突起が、ブレンダンの熱い口腔に咥え込まれてしまう。

チュッと吸い上げられる感触に、ゾクゾクと痺れが走り抜けていく。

「……く……っ、ンンッぅ、あ、あぁっ！」

舌が秘裂の間をぬるぬると這うたびに、甘い疼きが下肢からせり上がってくる。得も言われぬ快感に、マリアンは内腿を震わせながら、堪えきれずに喘ぎ声を漏らした。

「こんなにも肉芽が膨らんでいる。本当に男にしゃぶらせたことはないのか？」

敏感な場所を、口蓋と蠢く舌で押しつぶすように刺激され、ガクガクと腰が跳ねあがりそうになる。

「な、ない……っ、……し、……信じて……」

マリアンは硬い執務机の上に縋《すが》るようにして、息を乱していた。激しい喜悦に頭のなかが真っ白になっていく。それほどブレンダンの口淫は巧みで、そして執拗《しつよう》だった。

「……はぁ……、はぁ……っ、も、も……ぅ……許し……」

喘ぎ交じりの声で、マリアンは懸命に懇願した。しかし、ブレンダンの口淫はとまらない。巧みな舌先で花芯の包皮が剝《む》かれ、生暖かい口腔で淫肉ごと扱《しご》くように吸い上げられていく。

マリアンは大きく唇を開き、助けを求めるように舌を覗かせる。

「あ、……ひ……ぃ……んぅっ……」

汗ばんだ喉元を仰け反らせながら、ガクガクと身体を痙攣《けいれん》させていると、濡れそぼった蜜孔に長い指が押し込まれていく。

「……や、……っ、そこ、触らな……でぇ……っ」

訴えも虚しく、ブレンダンの指を奥深くまで貫かれた。

「あぅ……っ！」

自分ですら触れたことのない場所を、身体の内側から押し広げるように指が掻き回されていく。同時に掌で肉粒が刺激されると、ぶるりと身震いが走った。

「お父様……お願いだから……もう」

息切れしながら懇願するが、ブレンダンの指は引き抜かれることはない。それどころか濡襞の感触を確かめるように、ぐにぐにと擦りつけてくる。いまだかつて覚えのない感触に、腰が浮き上がってしまう。

「濡れてはいるが狭いな。しかし物欲しげに震えて指を咥え込んでくる。清純な顔つきに似合わず、いやらしい孔《あな》をしている」

マリアンももう子供ではない。娼館という言葉すら知らなかった頃とは違う。男女がどうやって、身体を繋げるのか知っている。そして、自分の母が数多くの男を渡り歩いていたことも理解していた。

ブレンダンの言葉は、あの母に自分が似ているのだと告げているも同然だった。

「そんなこと……ない……っ、私、いやらしくなんて……」

マリアンは涙を零しそうになりながら訴える。

「……本当にそう言い切れるのか？」

とつぜん内壁に押し込まれていた指が角度を変える。ブレンダンはふたたびマリアンの

秘裂に顔を近づけると、敏感な肉粒を激しく舌で舐めしゃぶり始める。

「あっ、あぁっ、あぁっ、いやっ、吸っちゃや……、いやぁ……お父様っ」

激しい愉悦に思いがけないほど喘いでしまう。ブレンダンは、いやらしい身体だとマリアン自身に思い知らせようとしたのかもしれない。

激しすぎる快感に、マリアンがひぃひぃと息も絶え絶えになっている間にも、蜜の溢れる膣口《ちつこう》を開く指が増やされた。

「ん、んぅ……っ！」

生暖かい舌に舐め上げられたり舐めおろされたりするたびに、隆起した花芯が、じんじんと激しい愉悦《ゆえつ》を身体に走らせていく。

ブレンダンの口淫と愛撫のせいで、たっぷりと濡れそぼった蜜口が、長く骨ばった指でぐちゅぬちゅと掻き回され、マリアンは膝を折って頽《くずお》れそうになってしまっていた。

堪えられたのは、無意識に執務机に爪を立てていたからだ。

「あ、あぁっ、いや……っ、もう弄らないで、そこ……、だめぇ……っ！」

もはや堪えきれず、マリアンはぼろぼろと涙を零した。赤い舌を引き攣らせながらも懸命に訴える。だが許しはもらえず、さらに膣肉を開いている指が増やされてしまう。

「こんなにも濡れているのに？」

「……濡れて……なんて……ないっ……」

「そうか、乾いているなら、精密機械をなかに挿《い》れても大丈夫だな」

掠れた声で訴えたとき、執務机の上においていたネックレスが取り上げられ、目の前で揺らされる。

それはただのネックレスではない。初めて誕生日を祝ってもらった記念で、マリアンにとって家族の象徴と言えるものだ。

「……ま、待って……」

『精密機械を挿れる』。つまりは、大切なネックレスで、欲情の有無を確かめようとしているらしかった。

「これは、君の大切なジェイラスにもらったものだったな。……君が嘘さえついていなければ、壊れたりしない。さあ、確かめてみるか」

「やめて、……お父様……、やめて……それは……っ」

小さなペンダントトップが、マリアンの膣孔にグッと押し込まれる。

「ひぁ……っ！　あ、あ、あ……」

金の冷たい感触にマリアンはビクビクと身体を跳ねさせた。

膣内でグチュグチュとなんどか掻き回した後、ブレンダンはチェーンを引っ張って、ペンダントトップを引き摺りだし、マリアンの目の前で開いてみせた。

「おかしいな。濡れていないと聞いたはずなのに、こんなにも蜜に塗れている」

小さなミニチュア懐中時計は、たっぷりとした蜜に濡れそぼっている。愛蜜に塗れて濡れたせいで、壊れてしまったのか、針が動く音がまったく聞こえない。

絶望に、目の前が真っ暗になった。

「……あ、あぁ……っ」

小さかったマリアンを抱きしめてくれた腕や、気遣ってくれる優しい声、脆いガラスのような幸せの記憶に亀裂が入っていく。

「悪いな。君が嘘を吐いていたせいで、壊れてしまったようだ」

その瞬間、幸せな思い出の数々が、ガラガラと崩れていく気がした。

「……あ、あぁ……っ、そんな……」

幼かった自分を優しく抱きしめてくれていた義父の手が、熱を煽るように淫らに身体を撫でていく。そして、ふたたび蜜洞を指で掻き回し始める。

「……濡れてる……こと……認めるから……、も、もう……やめ……」

たっぷりと濡れそぼった柔襞を拡げるように、ブレンダンの長い指が擦りつけられたり、出し入れしたりを繰り返す。

「ん、んぅ……、あぁ、あ、あぁ……っ！」

マリアンは三本もの指の圧迫感に、腰が引けてしまっていた。

卓上の上でマリアンが、ガクガクと足を震わせていることに気づくと、ブレンダンは長い指をようやく引き抜いてくれる。

「これぐらいにしておくか。ちょうど君の力も抜けているようだしな」

やっと許してもらえたのだ。そう思ってマリアンは、ぐったりと執務机の上に頽《くずお》れた。するとと、ベルトのバックルを外す鉄の音が耳に届く。

「……お父様……?……いったい、なにを」

お尻を突き出したままの格好でいたマリアンの秘裂に、熱く灼《や》けたなにかが押しつけられた。その塊は、蜜に塗れたマリアンの淫唇に狙いを定めて、ぐっと奥へと入り込もうとしてくる。

「……ひ……っ!」

それは、欲望を滾《たぎ》らせたブレンダンの肉棒だった。マリアンは、恐ろしさのあまり、呼吸を忘れて、呆然としてしまう。

「君をあの女から買ったのは、この私だ。艶めかしく成長した身体を堪能する権利は、ジェイラスではなく私にあるはずだ」

ブレンダンは非道な言葉を告げながら、マリアンの片足を執務机の上に抱える。足を大きく開く格好になると、指で柔らかく慣らされていた蜜口が、ヒクヒクと卑猥に震える。

彼の反対側の手が、マリアンの逃げ場をなくすように腰に添えられた。

「弟になどおめおめ渡すものか」

そうして、ついにぐっしょりと濡れそぼった淫唇に、硬く膨れ上がった雄の剛直を押し込まれていく。

「いや、いや……、……う、嘘……、お父様はそんなこと」

ぶるぶると頭を横に振りながら、マリアンは今の恐ろしい状況を、否定しようとした。違う。義父がそんなことをするはずがない。態度は厳しくとも思いやりがあって清廉なブレンダンが、マリアンを抱こうとするはずがない。

「……ふ……。そんなこととは、どんなことだ。教えてくれないか、マリアン」

からかうような声音で耳元に囁かれたとき——。

硬い滾りが、マリアンの狭隘《きょうあい》な肉襞を力強く押し開いていく。

「あ、あ、あぁっ！」

生まれて初めて雄を受け入れさせられた膣肉の襞や粘膜が、メリメリと拡げられる痛みに、身体がのたうつ。

「……お父様……や……め、……いや、いやぁ……っ」

銀糸のように長く輝く髪を振り乱しながら、マリアンは背中を仰け反らせる。

「……ひ……っ、ぁ……」

ブレンダンの太く長い肉棒が、腰を引いたり押したりしながら、処女肉を割り拡げてジュブヌブと奥へと押し込まれていく。

「血が滲んでいる。確かにジェイラスを咥え込んではいなかったようだな」

蜜と血の入り混じった粘液が、接合部から溢れていた。ツッと太腿を伝う濡れた感触に肌が総毛立つ。

「ぬ、抜い……、ん、んぅ……っ」

身体の奥底でドクドクと脈打つ感触に肌が総毛立ち、マリアンのしっとりと濡れた瞳から涙が零れ落ちてしまう。

濡襞を押し開いてグッと腰が突き上げられた。グリグリと腰を押し回されたとき、男根を飲み込まされたのだと気づかされる。

血は繋がらずとも、仲のいい家族だと信じていた相手の雄が穿《うが》たれている。そう思うと、ショックのあまり頭のなかが真っ白になってしまう。

「……あ、……はぁ……っ」

目を見開いたまま言葉を紡ぐことができずにいるマリアンの柔胸を、ブレンダンは弄ぶようにして揉み始める。

「ぜんぶ入ったな。これで君も立派なレディの仲間入りだ。明日からは、もっと上級のレッスンをしてやろう。私の手で、男に抱かれるということをじっくり教え込んでやる」

ブレンダンは今日だけではなく、これから毎日マリアンを抱こうとしているらしかった。

「……や、やぁ……」

こんな淫らな行為を、受け入れられるはずがない。マリアンは、微かに首を横に振ることで抵抗を訴えようとした。

「……レッスンなんて……、したくない……っ」

「君に拒否権などない」

しかし、鋭い声に妨げられて、マリアンの言葉は掻き消されてしまう。彼の宣言を思い知らせるように、硬い肉棒が雁首《かりくび》まで引き抜かれ、マリアンの隘路へとグッと大きく突き上げられる。

「ひ……んっ、あ！　いや、いや……抜いて……っ」

涙ながらに訴えても、ブレンダンは行為をやめない。

「領け。そして受け入れろ。……君は私のものだ」

それどころかグチュヌチュと肉棒が抽送され始め、激しい律動にマリアンは強制的にガクガクと頷かされてしまう。

「ち……が……っん、ん、ん、んぅ……っ」

こんなこと受け入れられない。そう言いたいのに、拒絶の言葉が紡げない。押し開かれる痛みに、舌の付け根から唾液が溢れる。

必死に飲み下そうとすると、いっそう息が苦しくて堪らなかった。

「……はぁ、あっ、あっ、あぁっ！」

ブレンダンをとめなければならないのに、口から洩れるのは、甘く濡れた嬌声《きょうせい》ばかりだ。太く脈動する肉棒が、濡れそぼった襞を擦りつけながら引き摺り出され、すぐに押し込まれていく。下肢から込み上げる疼痛《とうつう》と圧迫感に、マリアンは執務机の上で、ガクガクと打ち震えるばかりだ。

「……も、もぅ……、突いちゃ、……いや、いや……ぁっ」

獣に捕食される子兎のように、白い身体を震わせながら、貪られ続けるしかない。

「私の言うことを聞くなら、少しは加減してやる」

凶器のような太く膨れ上がった肉棒を、容赦なく穿たれ続けていたマリアンは、涙ながらに懇願した。

「……き、……聞くから……許し……っ、あ、あぁ……っ！」

子宮口を抉《えぐ》るように腰を押し回されると、雄の肉茎に甘くとろかされた肉襞が、いやらしくうねって、ブレンダンの剛直を包み込む。

淫らな造形が、生々しく伝わってきて、マリアンはいっそう泣きたくなった。

お願いだから、もう許して欲しい。

「これからはジェイラスではなく、私に従うんだ。いいな」

「……わかった……から……っ……」

マリアンはもうブレンダンの言いなりになるしかなかった。

「いい子だ。……それなら、もっと感じさせてやろう」

ブレンダンの言葉に、マリアンは目を瞠る。

こんな行為をやめて欲しかっただけだ。今以上に感じさせて欲しかったわけではない。

「いや、いや……っ、しないで……お父様、いや、いや……」

ぶるぶると頭を横に振るが、ひどく感じる場所を、硬い肉棒でグリッと擦りつけられてしまう。

「……あっ！……ふ、……んぅ……っ」

粘膜を押し開かれる破瓜《はか》の痛みを凌駕して、疼きが湧き上がってくる。そのことが辛くてならない。

こんなことは嫌なのに、裂かれるように痛いのに、マリアンは義父に抱かれて、どうしようもなく感じてしまっている。

「……や……ぁっ、許し……、ひぅ……っ」

誰もいない場所に逃げてしまいたいほどの焦燥に苛まれる。感じることが怖い。

自分が酒や男に溺れていた母の娘だと、これ以上思い知りたくなかった。

蜜に塗れた膣洞をズチュリと突き上げられ、震える襞を擦りつけられながら、嵩高《かさだか》な亀頭の根元まで引き摺り出される。繰り返される充溢と喪失に、頭のなかが霞みがかっていく。

「もう、もう……、お父様……やめ……っ」

マリアンの汗ばんだ項にブレンダンは顔を埋めると、噛みつくように肌を咥えた。

チュッと強く吸い上げられ、チリチリと肌が痛む。

「あぅ……っ！」

ブレンダンは指の間で乳首を挟んでいやらしく揉みたてながら、もう片方の手をマリアンの秘裂へと這わしていく。

「女というものは、初めての男よりも、自分を感じさせた男を覚えているものらしいぞ。……決して忘れられない夜にしてやる」

そう言ってブレンダンは、マリアンの花芯を指で探り当て、指の腹でクリクリと擦りつけ始めた。まるで小鳥を撫でるような優しい手つきだ。しかし、そこに抽送する肉棒に圧迫される感触が交じって、堪えきれないほどの喜悦が込み上げてくる。

「……あ、ふ……、ん、んぅ……っ、いや……そこ……、だ、だめ……だめぇ……」

ぶるぶると頭を横に振って訴えるが、ブレンダンの指はとまらない。数々の女を知り尽くした男の手淫に、破瓜を迎えさせられたばかりの初心なマリアンは抗う術がなかった。

「あっ、あぁっ、あぁ……っ」

グチュヌチュと肉棒が抽送されるたびに、泡立った蜜が溢れていった。

粘着質のいやらしい水音が、まるで自分のはしたなさの証明のようで、いっそう涙が零れてしまう。

「……も、もう……っ、やめ……っ」

マリアンの肉洞の最奥まで憤り勃った楔《くさび》を穿ち、ブレンダンが亀頭をぐりぐりと子宮口に押しつけてくる。

「最初のレッスンは、男の精をたっぷりと奥で受けとめることにするか」

このままでは母のように、結婚もしていない身だというのに、子を孕んでしまうかもしれない。

「だ、だめ……っ。お父様……、いや……それだけはいや……」

マリアンは弾かれるように、ブレンダンから離れようとした。しかし、執務机に押しつけられるようにして肉棒を奥まで突き上げられてしまう。

「……ひ……っ、いや……っ」

これでは逃げることができない。精を放たれることになる。

「私を拒むなと言ったばかりだろう。逆らうな」

逃げようとした罰だとでもいうように、キュッと乳首が抓み上げられた。あまりの痛みに、マリアンは身体を引き攣らせた。

「いぅ……っ！」

すると、無意識に下肢の淫唇まで引き締めてしまったらしかった。

「いい締まりだ。精を受け入れる気になったのか？　初心なくせに貪欲な身体だ。……君を抱いていると、性交を覚えたばかりのガキのように、溺れてしまいそうになるな」

マリアンは、精を受け入れようとしたわけではない。痛みに委縮しただけだ。しかし、そのことを説明する余裕などなかった。

濡れそぼった襞が熱く震える。その狭い肉洞をなんどもなんども肉棒が貫いていく。

「あう、ん、んぅ……っ、あぁぁ……、いや、いや……抜いて……」

どれだけ訴えてもブレンダンは聞き入れてはくれない。今にも精を放ってしまいそうなほど、激しく腰を揺さぶって、ズチュヌチュと肉棒を抽送してくる。

「拒否などさせない。ほら、逃げるより愉しむことを考えろ。快感を追えばもっと、よくなるはずだ」

濡襞を擦りつけ、深く押し回される。

「ん、んぁ……っ！」

感極まったマリアンが卓上で仰け反ったときだった。

「……あ、あ、あぁっ！」

ブレンダンの書斎をノックする音が響く。

マリアンはギクリと身体を強張らせた。しかし、ブレンダンはなぜか楽しそうに、喉の奥で笑いを堪えてみせる。

「……兄さん、マリアンがいないんだ。ここに来てない?」

心配した様子の義兄ジェイラスの声が聞こえてきた。いつもなら、すでにマリアンはベッドにいる時間だ。いつまでも寝室を訪れないことを心配したジェイラスは、マリアンを捜しに来たらしい。

「いるとも。入るがいい」

書斎の鍵はかかっていなかった。ゆっくりと扉が開かれていくのを、マリアンは驚愕の眼差しで見つめていた。

扉を開いたジェイラスは、扉の取っ手を掴んだまま、目を見開いて硬直している。

「見ての通り、マリアンと私は取り込み中だ。話なら後にしてもらおうか」

ブレンダンはそう告げると、俯いていたマリアンの顎に手をかけて、無理やり顔を上げさせた。

「……んぁ……!　見な……ぃ……で……っ」

こんな淫らな姿を、ジェイラスに見られたくなかった。マリアンは切なく瞳を細めながら、どうか見ないで欲しいと懇願する。

「マリアンになんてことをするんだ、兄さん!」

ジェイラスは扉を叩きつけるようにして閉めると、ズカズカと書斎を闊歩《かっぽ》して二人のいる机の向こう側に立った。

「お前が先に始めたことだろう。私のマリアンを、お前の穢れた手や唇で穢しておいて、よくそんなことが言えるな」

忌々しげにブレンダンは言い返す。その間も、肉棒を抽送する動きは止まらない。

「はぁ……ふっ、んん、んんっ。……あ、あ、あ……っ」

卓上に縋《すが》りつきながら、マリアンは喘ぎ続けていた。

「……ごめんね、こんなことになってるなんて、気づかなくて……。……辛いよね。マリアンにひどい真似をした兄さんを、僕が代わりに罰してあげるよ」

ジェイラスは泣きそうな顔でマリアンを覗き込むと、熱く火照った頬を両手で挟み込んでくる。

「破産させて路頭《ろとう》に迷わせればいい？　生きてきたことを後悔するぐらい痛めつけて命を奪った方がいい？　それとも刑務所にでも放りこむ？　望むようにしてあげるから言って」

恐ろしいことを言い始めるジェイラスにマリアンは息を呑む。彼は冗談を言っているようには見えなかった。マリアンが望めば、今すぐにでもブレンダンの命を奪いそうなほど、うつろで狂気じみた瞳をしていた。

「……だめ、……そんなのだめ……」

こんないやらしいことをされても、マリアンにとってブレンダンは大切な人だ。お願いだから、罰なんて与えないで欲しかった。

「マリアンは優しいね。こんなひどい真似をされているのに」

ジェイラスは切ない瞳でマリアンを見つめると、唇を塞いでくる。

「……ん……」

触れるだけの優しい口づけだった。

「私のマリアンに触れるな」

その行為を見たブレンダンが、苛立たしげに命令する。すると、ジェイラスは見たこともないほど冷ややかな眼差しで、ブレンダンを見据えた。

「僕のだよ。……この子が初めて母親に連れられてこの邸にやってきたとき、最初に欲しいって言ったのは、僕なんだから」

ジェイラスは庇うようにマリアンの頭を自分の肩口に押しつけさせた。大輪の薔薇のような華やかな香りが鼻孔をくすぐる。

「怖かったね。ごめんね」

チュッと耳朶に口づけられ、きゅんと胸が高鳴る。背後からブレンダンに肉棒を穿《うが》たれ、前からジェイラスに甘く囁かれるというあり得ない状況に、ひどく心が満たされていた。

マリアンはなぜか、ふたりから、息もできなくなるぐらい強く抱きしめられたくて堪らなかった。

「買ったのは私だ」

「あんなはした金でマリアンを束縛できると思ってるんじゃないよね」

「事実を言ったまでだ。お前は黙ってそこで見ていろ」

まるで奪い合うような声に、胸が打ち震える。

ブレンダンはマリアンの腰を掴むと、肉棒を穿つ律動を激しくしていく。

「あ、あぁ……っ！」

ぬるついた熱い肉茎が、マリアンの蠕動《ぜんどう》する襞を押し開いてみっちりと埋め尽くし、そして身震いするほどの消失感とともに引き摺り出されていく。その繰り返しに、マリアンは断続的な喘ぎを漏らしていた。

「はぁ……、あ、あ、あ、あ、あぁっ!!」

身体の奥底で、ブレンダンの肉棒がドクドクと激しく脈動する。その肉棒が、なんどもなんどもマリアンの身体を貫き、そして引き摺り出される。

「いぁ、いぁ……っ、も、も……だめ、だめぇ……」

おかしくなる。だめになってしまう。

もうこれ以上はだめだ。

そう思っているのに、いやらしく肉襞がうねって、求めるようにブレンダンの雄を締めつけてしまっていた。

「ひ……ぁ……っ、あ、あぁっ」

卓上にしがみついた腕や、床におろしている足がガクガクと震え出す。

そうしてついに、熱く滾った白濁がマリアンの身体の奥底に注ぎ込まれてしまう。

「……ん……あ、あぁ……っ、はぁ……、はぁ……」

絶頂の余韻で、ビクンビクンと喜悦に身体を引き攣らせるマリアンの唇や項を、ジェイラスはなんども吸い上げながら、甘い声音で囁いてくる。

「マリアン、かわいい。大好きだよ」

ひどく疼く唇を、なんども啄まれるたびに、甘い痺れが身体を駆け巡っていく。

「……人のものに……勝手に触れるな」

ブレンダンは萎《な》えた肉棒を押し込んだまま、マリアンの身体を後ろから抱きしめて、背中や首筋に唇を這わしてきた。時折、濡れた舌で舐め上げられ、ゾクリと身体が震える。

「なにを言ってるの。……それは僕のセリフだと思うけど」

ふたたび罵倒し合うふたりの苛立たしげな声に、マリアンは泣きたくなった。どうか自分のせいで争わないで欲しかった。

「……喧嘩……しちゃ……、……いや……っ」

アメシストの瞳を潤ませながら息も絶え絶えに訴える。

「こんなにひどい目に遭っているのに、僕たちの心配をするなんて、僕の天使には頭が下

がる思いだよ」

「マリアンはお前を心配しているわけではない。私を想ってのことだ」

吐き出された精に塗れたブレンダンの肉棒が、硬度と質量を増して、マリアンの狭い膣洞を埋め尽くしていく。

「……あ……っ、……ん、んぅ……」

絶頂をむかえたばかりで、いやらしくうねる襞が、嵩高《かさだか》い亀頭にグリグリと擦りつけられていた。腰を引かせて逃げようとすると、グッと強く肉棒を突き上げられた。

「んんっ！」

熱くて、頭のなかが朦朧としてしまって、なにも考えられなくなっていく。

汗ばんだ身体が、執務机のうえで、蕩け出してしまいそうだった。

「……兄さんって案外おめでたい男だったんだね」

言い争っていたふたりだったが、いつしかマリアンの唇や身体を奪い合い始めて、お互い張り合うようにして、愛撫を激しくしていく。

「……あ……、あ……、もう……放し……」

力の入らない身体を押して逃れようとするが、机に押しつけられたまま大人の男ふたりに捕えられている状況を回避できるわけがない。

「ジェイラスが触れた場所を消毒してやる」

啄むように口づけられ、肌が甘く痺れる。マリアンはくすぐったさと甘い疼きを覚え、無意識に身体をくねらせる。

「……兄さんがひどいことをしてごめんね。……慰めてあげる」

ふたりはまったく正反対のことを言っているが、やっていることは同じだ。

「お前が、マリアンに手を出さなければ、こんな強引な真似などしていない。ふざけるな」

苛立たしげにブレンダンが、ジェイラスを怒鳴りつける。

その怒り交じりに、マリアンの乳首が痛いぐらいに引っ張られた。

「あっ！……も……ぅ……、やぁ……」

ブレンダンの書斎には、夜更けまでマリアンの甘い喘ぎが響いていた。

第三章　壊された鳥籠

翌朝マリアンが目覚めると、ベッド脇で新聞を読んでいたブレンダンが立ち上がり、顔を覗き込んできた。

「具合はどうだ？」

確かに身体は気だるく、いつまでも眠っていたいぐらいだ。だが、尋ねられた問いの意味が起き抜けのマリアンには理解できない。しかし、ふいに淫らに身体を押し開かれた記憶がまざまざと蘇《よみがえ》ってくる。

「……やっ」

恥ずかしさのあまり毛布を頭まで被ろうとするが、ブレンダンに引き剝《は》がされてしまった。

「それだけ元気なら、大丈夫そうだな」

微かに笑ったブレンダンは、マリアンの身体にそっと腕を回して抱きしめると、唇を塞いでくる。

「ん、んぅ……」

寝起きから与えられた激しすぎる深い口づけをマリアンは拒めない。ブレンダンの舌を受け入れることになってしまう。

「……は、ふ……っんん」

なんどもなんども、ぬるついた舌を絡められ、震える舌を吸い上げられた。頬の裏や舌の付け根、口蓋や歯列、余すところなく舐め上げられ、マリアンは息も絶え絶えになってしまう。ようやく唇が離れた頃には、彼のうでのなかでぐったりとしてしまっていた。

「わかったか？」

ふいにそう尋ねられて、なんのことか解らず、マリアンは潤んだ瞳でぼんやりとブレンダンを見つめる。

「その瞳、幼い頃から変わらないな。アメシストの潤んだ瞳で見つめられると、なんでも叶えてやりたくなる。……この身のすべてを尽くしてでも……」

自嘲気味に呟くと、ブレンダンは真摯《しんし》な眼差しでマリアンを見おろしてくる。

「……君に大切な話がある。今日はどうしても抜けられない商談があるんだ。帰るまでゆっくり眠っていろ。いいな」

ブレンダンは暖炉のうえにある置時計の時間を確認すると、微かに眉を顰めさせ、仕方なさそうに身体を起こした。

話とは、なんなのだろうか。

怪訝に思いながら、窓の外を見ると、どうやらもう昼近くになってしまっているらしい。

ジェイラスの姿はない。きっと仕事に行ったのかもしれない。マリアンが誰かを捜すように辺りを見たことに気づいたブレンダンは、忌々《いまいま》しそうに言った。

「もしかしてジェイラスを捜しているのか」

その声があまりに強張っていて、頷くことはできなかった。

「『マリアンが目覚めるまで、側にいる』と言っていたが、仕事に行くように言って追い払っておいた。目を離した隙に無防備な君を前にして、なにかしでかすかもしれんからな」

ブレンダンとジェイラスは、マリアンが具合を悪くしたときは、昔からいつもふたり揃って傍にいてくれていた。だから、ついジェイラスの姿も捜してしまったのだ。

義父との行為を知られてしまったせいで、義兄に見限られたのかと不安になったのだが、そうではなかったらしい。マリアンは安堵に泣きそうになった。

「そんなにあいつが気になるのか」

ブレンダンが怜悧な眼差しを向けてくる。射貫かれそうなほど鋭いサファイア色の瞳を前に、マリアンは息を呑む。

「あんなところを見せたから、……嫌われてしまったのかと思って……」

正直に答えると、ブレンダンは皮肉気に口角をあげてみせる。

「たとえ君があいつの顔を踏みにじろうが、ジェイラスなら喜んで受けるだろう。マリアンを嫌うなんて、天地が引っくり返ってもありえない」

どうしてそこまで言い切れるのだろうか。マリアンは首を傾げてしまう。

「ジェイラスのことなどどうでもいい。……マリアン。余計なことは考えずに、大人しくここで私の帰りを待っていろ。いいな」

ブレンダンはそう言うと、早足で寝室を出て行く。

本来なら、一刻の猶予もないほど忙しい人だ。それを昼近くまでマリアンを心配して傍についていてくれたのだ。そう思うと、なんだか胸の奥が熱くなってくる。

「……お話ってなんだろう」

もしかして、邸を出て行けという話なのだろうか。

ふいに昨日の心配が脳裏を過《よぎ》って、マリアンは血の気が引いてしまう。

ブレンダンは今まで見たことがないほど怒っていた。仕置きだと言って、マリアンに淫らな真似をしたのもそのせいだろう。だとすれば、勘違いではなく、本当に外に出される話を持ちかけられるかもしれない。

「どうしよう……」

マリアンは不安のあまりガタガタと震え出してしまっていた。

気がつけば、いつも身に着けているネックレスがない。幼い頃に、ジェイラスにもらったものだ。昨日、ブレンダンに執務机のうえで外された後、ここに運ばれてくるまでに紛失してしまったらしい。

マリアンはサイドテーブルやベッドのうえに目を向けるが、やはり見つからない。

そのとき、きいっと扉が軋んで、ひとりの青年が寝室に入ってくる。

「目が覚めたんだ？　あのまま眠り姫みたいに、起きないいんじゃないかって心配したよ」

現れたのはジェイラスだった。ブレンダンは先ほど、ジェイラスは仕事に行ったと話していたのに、戻って来たのだろうか。

「不思議そうにしているね。兄さんが、なにか言った？」

「お兄様はお仕事に行ったと聞いたから、驚いただけ」

マリアンの返答を聞くと、ジェイラスは皮肉気に片眉をあげてみせる。

「『寝込みを襲うつもりか』……なんて難癖《なんくせ》をつけて追い払われたから、こっそり隠れてたんだ」

話を聞いてみると、どうやらジェイラスは無人の馬車を出発させて、仕事に行ったかのように見せかけたらしかった。

「あんな古典的な技に騙されるなんて、兄さんも甘いよね」

甘いというよりは、そんなことをしてまで邸に隠れているとは、誰も考えないからではないだろうか。

「だいたい僕に失礼なことを言うけど、マリアンを昨夜襲ったのは、自分のくせにねぇ？」

意味ありげな視線を向けられて、マリアンは真っ赤になって俯いてしまう。

「ひどいことをされて、辛かったよね。大丈夫？」

ジェイラスがベッド脇に腰かけると、ギシッと軋む。その音はなぜか淫靡な色を含んでいるように思えて、心臓が早鐘《はやがね》を打ち始めてしまう。

「お父様を怒らせてしまったのは私だから……」

ブレンダンがあんな真似をするとは思ってもみなかった。確かに恐ろしくて堪らなかったが、辛い……というのとは、なにか違う気がする。

ふたりの口づけや、肌に触れてくる手つきを思い出すだけで、恥ずかしくて頭のなかが沸騰してしまいそうだった。

「……へえ。無理やり抱かれたのに兄さんのこと、嫌ってないんだ。そんなに好き？　あんな愛想のない男のどこがいいの」

確かにブレンダンは厳《いか》めしい表情をしていることが多いが、心まで冷たいわけではない。そのことは兄弟であるジェイラスも知っているはずだ。

「そんな言い方しなくても……」

マリアンが、ブレンダンを庇おうとすると、ジェイラスは悲しげに溜息を吐いた。

「僕とのキスは拒むのに、兄さんには身体まで許すんだね。それって僕より兄さんが好きってこと？」

義父のブレンダンと、義兄のジェイラスを比べることなんてできない。

ふたりともマリアンにとってはかけがえのない家族だ。

「お父様もお兄様も、同じぐらい大切に思ってるのに」

躊躇いがちに答えると、ジェイラスは皮肉気に笑ってみせる。

「マリアンを無理やり犯した男と、毎日大切にしていた僕が同じなんて、そんなのってないよね」

ブレンダンがあんなことをしたのは、マリアンが気に障ることをしてしまったからだ。

もう彼を怒らすような真似はしない。だから、今迄通りの関係に戻りたかった。

「……お兄様……、そんな風に言わないで……」

なんと言い訳していいか解らず、マリアンが言い淀んでいるとジェイラスは優しく微笑みかけてくる。

「僕が無理やり抱いても、兄さんみたいに、マリアンは変わらず好きでいてくれる？」

「え……？」

なにを言っているのだと、首を傾げたときだった。

なにかの小瓶を呷《あお》ったジェイラスに無理やり口づけられ、口腔になにか苦い液体を流し込まれてしまう。

「……ん、んぅ……っ」

マリアンは口に注がれた液体を吐き出そうとする。だが顔を上向けた状態で、鼻をきゅっと抓まれ、得体の知れない液体を強引に飲み込まされることになった。

すると、グラグラと頭の中心が渦巻き始め、ついにはベッドに倒れ込んだまま、瞼を開くことができなくなった。

「無理をして我慢するのは、もうやめにするよ。性に合わないし。欲しいものは、欠片も残さずに手に入れる。それでいいよね？」

薄れていく意識のなかで、ジェイラスの愉しげな声が聞こえた気がした。

＊＊　＊＊　＊＊

芳しい花の香りが鼻孔をくすぐる。

香りに誘われるように、マリアンは重い瞼をゆっくりと開いた。すると見たことのない天蓋《てんがい》が目に映る。眠る前とはまったく違う光景に、マリアンは首を傾げた。

「……ここは……」

ぼんやりとしながら、室内を窺う。

赤く光沢のあるマホガニーの家具で統一された部屋だ。部屋にはダマスク織のドレープが美しいカーテンがかけられていた。窓の外を見るとまだ陽は高そうだった。レイン家の邸で眠ってから、それほど時間は経っていないのだろうか。

大きな寝室だった。ブレンダンたちと普段使用している寝室と同じぐらい広い。

部屋の至るところに、赤い薔薇が飾られていた。物語のなかにでも迷い込んだのだと錯覚しそうになるほど、美しく彩られている。

寝起きにマリアンの鼻孔をくすぐっていたのは、薔薇の香りだったらしい。ひとつの部屋に飾るにしては、もったいないほどの数だ。何百とあるのではないだろうか。起きたつもりでいたのに、もしかしてまだ夢のなかなのかと、疑ってしまいそうになる。

マリアンはゆっくりと首を横に振って、部屋の反対側も見ようとした。すると、隣にジェイラスが眠っていることに気づく。

「そういえば……」

頭が冴えてくると、意識を失う前に彼になにか飲まされた記憶が蘇ってくる。だとすれば、マリアンをここに運んできたのは、ジェイラスだということになる。

ここがどこなのか。いったいどうしてマリアンを連れて来たのか。彼に聞きたいことは山ほどあった。

身体を起こそうとしたとき、ネックレスのトップの重さとチェーンが肌のうえを滑る感触に気づいた。手を伸ばしてみると、いつも嵌めている蝶の透かし彫りのある金のミニチュア懐中時計のネックレスが戻っていた。

レイン家のベッドで目覚めたときにはなくなっていたのに、どういうことなのだろうか。

蓋を開けてみると、時間がとまってしまっている。昨夜ブレンダンに、マリアンが抱かれていた時間だ。

マリアンは慌てて蓋を閉じる。脳裏に、淫らな感触が蘇ってきてしまって、ギュッと瞼を閉じた。乱れそうな呼吸を整え、ジェイラスに声をかける。

「……お兄様……」

マリアンが躊躇いがちに肩を揺するが、ジェイラスは目覚めそうになかった。無理に起こすのも悪い気がして、そのままにすることにした。

眠っているジェイラスをじっと窺う。艶やかなブロンドにきめ細やかで白い肌、そして長い睫毛や高い鼻梁。少し厚めの唇はひどく官能的だ。

ジェイラスのような男性が、自分の兄として過ごしてくれていることが不思議だ。それ以上に、彼のような地位も名誉も美貌もある男性が、どうしてマリアンなんかに淫らな悪戯をするのか、いまだに理解できなかった。

「聞いたら教えてくれる……?」

だが、もしも『単なる気まぐれだよ』なんて答えが帰ってきたら、きっとマリアンは泣いてしまう気がした。だからこそ聞けない。

「……少し辺りを見てみよう」

ジェイラスをそのまま起こさずにいることを決めて、マリアンはベッドからおりようとした。ここがどこか解らないので、窓の外を見て確かめようと思ったからだ。すると、ふいに手が摑まれた。とつぜんのことに驚き、ビクンと身体が跳ねる。

「キスで起こしてくれるかと思って待っていたのに。つれないお姫様だ」

どうやらジェイラスは寝たふりをしていたらしかった。

「起きていたの？　いきなり驚かさないで」

心臓をドキドキさせながら、マリアンはジェイラスを諫《いさ》めた。

「僕は毎日マリアンの愛らしさに驚かされてばかりいるんだから、これぐらいの悪戯ぐらいは、大目に見て欲しいな」

悪びれもせずにジェイラスは言い返す。

「そんなことより、ここはどこなの？　どうして私を連れて来たの？」

マリアンの恰好はレイン家の邸にいたときと同じネグリジェだった。こんな心許ない姿で運ばれたのだと思うと、恥ずかしくて真っ赤になってしまう。

「大丈夫だよ。運ぶときは僕のコートでしっかり包んでおいたから」

思考を読んだかのように、ジェイラスは答える。だが、慰めにもならない。

「……大丈夫なんかじゃない……」

マリアンは真っ赤になってジェイラスを睨む。だが、彼はさして気にした様子もない。

「質問に答えようか。ここはグリムレット家の邸だよ。実は家督を相続するにあたって、戻ってこいってお祖父《じい》さんにうるさく言われていてね」

グリムレット侯爵家は、ふたりの父であるレイン公爵の後妻の実家だ。マリアンの母の実家でもある。嫡子の娘であった母が勘当されたため、侯爵の孫のなかで唯一の男性であるジェイラスが後継者になったのだと聞いていた。

「兄さんも何年も前から、レイン家のお祖母《ばあ》さんに、結婚するように言われていたんだけど、ついにその気になったらしくて」

ブレンダンは今夜大切な話があると言っていた。どうやらマリアンに言おうとしていたのは自分の結婚話だったらしい。

「お父様が……、結婚……」

マリアンは呆然としながら、そう繰り返す。ふと脳裏を過ったのは、オフィスで見知らぬ女性と寄り添うブレンダンの姿だった。服装から考えて、彼の理想であるに違いない女性。ブレンダンは、きっと彼女と結婚するつもりなのだろう。

ザッと血の気が引いていくのが自分でも解った。

「だからね。いい機会だからマリアンを連れて、こっちに来たんだ」

　確かに花嫁を迎えるにあたって、血縁者でもない居候の娘が邸にいては、邪魔にしかならない。だから、ジェイラスはこんな強引な真似をしてまで、マリアンを連れて来たらしかった。

「本当ならここはマリアンの家でもあるんだから、遠慮しなくてもいいんだよ。これからは僕と一緒に暮らそう」

　しかし母はグリムレット家の人間とはいえ、誰の子とも解らないマリアンを孕んだことで勘当されたはずだ。騒動の元凶である娘が、受け入れてもらえるとは思えなかった。

「でも私は……」

　暗い表情で俯いていると、ジェイラスにギュッと抱きしめられた。

　大輪の薔薇のような華やかで甘い香りが鼻孔をくすぐる。部屋の香りとは違う、ジェイラスの纏う香水の香りだ。

「僕はね。初めてマリアンに会ったときから、お嫁さんにしたいなって思ってた」

「……っ!?」

　マリアンがジェイラスと初めて出会ったのは、マリアンがまだ三歳の頃だ。そしてジェイラスは十二歳ぐらいだったと記憶している。そんな年の差で、しかも会ったばかりだというのに結婚を考えていたなんてありえない。

「嘘……」

「信じられない？　本当だよ。マリアンみたいに純粋でかわいい子なんて、一生涯かけても他に出会えないと思ったんだ。実際にその通りだった。早く大きくなって、僕と結婚して欲しいって毎日思っていたよ」

ジェイラスがそんな願いを抱いていたなんて、まったく気づけずにいた。マリアンは驚愕のあまり、薄く唇を開いたまま呆然とするしかない。

「もう、待たなくていいよね？」

お姫様抱きの体勢で横抱きにされ、マリアンはジェイラスの膝の上に乗せられてしまう。そのまま顔を近づけられ、唇が触れそうになった。

「お兄様……!?」

マリアンはとっさに彼の唇を手で押さえる。

「やっぱりマリアンは兄さんが好きなんだ？　僕のことなんて、考えられないってこと？」

キスを拒まれたジェイラスは、悲しげに尋ねてきた。

「……お兄様も、お父様も同じぐらい大切に思ってる。……でも……こんなことするのは、なにか違う気がして」

マリアンが正直な気持ちを答えると、ジェイラスはエメラルド色をした美しい瞳を細めた。

「兄さんには身体を許して、僕は拒んでいるのに、同じだって言うんだ？」

マリアンはブレンダンに身体を許してなどいない。仕置きが行き過ぎただけで、義父も本望ではなかったはずだ。

「……私は、許すとかじゃなくて、あれは……叱られていただけで……」

もう昨夜のことは忘れて欲しかった。

義父であるブレンダンに身体の至るところを舐めしゃぶられて、熱く濡れた膣をなんども突き上げられた。マリアンは、いつしか行為を悦ぶかのように喘いでしまった。

すべてが恥ずかしくて堪らない。マリアンも必死に忘れようとしているのに、そんな風に言わないで欲しい。

「叱られる……ね。セックスで教育なんて、調教以外聞いたことないよ。……それに、兄さんに抱かれて、マリアンは初めてなのに気持ちよさそうにしていたよね？」

ジェイラスの問いに、カァッと頬が熱くなる。マリアンは調教なんてされていない。それに、気持ちよさそうな表情なんてしていない。していなかったと信じたかった。

「知らないっ」

ぷいっと顔を逸らすが、頤《おとがい》を摑まれて強引に顔をあげさせられた。

「ずるいな。僕の方が兄さんよりもずっと長い間、マリアンのことを好きで抱きたいと思っていたのに」

ジェイラスは切ない声音で囁きながら、唇を塞いでくる。

――このままでは舌を入れられてしまう。

マリアンはいつもの通り、歯を食いしばって拒もうとした。しかし、顎を固定されてしまって、歯を閉じることができなかった。

「……んぅ……」

ジェイラスは濡れた舌先で、マリアンの口腔のなかをたっぷりと掻き回していく。

「……ん、んぅ……、ぁ……めぇ……」

ダメだと言いたいのに、顎を動かせないため、言葉を紡ぐことができない。

「僕にはキスも許してくれないなんて、だめだよ。もうすぐ結婚する仲なんだから、なにもかもぜんぶ僕に与えてくれないと」

ジェイラスは本気でマリアンと結婚するつもりでいるらしい。しかし、マリアンはグリムレット家にとって忌むべき娘だ。そのうえジェイラスとは結婚できないほどではないが、近しい血の繋がりがある。彼の花嫁には、この世でもっとも向かない相手に違いなかった。

マリアンはそのことを伝えたくて、顔を背けながら、身体を離そうとした。

「……お……、兄……様っ、んん」

ジェイラスはマリアンの腋《わき》のしたに手をいれる格好で身体を固定し、そして、ふんわりとした胸の膨らみを掴んでくる。

「だーめ。逃がさない。……無理強いはしたくなかったけど、ちゃんと抱いておかないと、納得してくれそうにないみたいだから、セックスしようか。僕が兄さんよりも気持ちよくして、あの人のことを忘れさせてあげる」

ジェイラスは身勝手な宣言すると、ふたたびマリアンの唇を塞いで、さらに激しく舌を絡めてきた。

「ん、んぅ……っ、んんぅ」

このままでは義兄であるジェイラスにまで、抱かれることになる。マリアンはジェイラスの手を引き剝がそうとしたが、反対に捻《ね》じ伏せられるだけだった。

「や……」

そうして、抗った罰だとでも言うように、いっそうキスが激しくなった。舌同士が擦れ合うぬるぬるとした感触にマリアンはなすすべもなく翻弄されていく。

「んぅ……、はぁ……っ、んんっ」

ジェイラスの柔らかな唇が擦れるたびに、身体の奥底でじわじわとなにかが湧き上がってくるような感覚に苛まれていた。

マリアンは懸命に身体を捩って逃げようとするが、ジェイラスの腕から逃げられない。

抵抗が徒労に終わる間にも、ジェイラスの巧みな手が、マリアンの胸の柔肉を揉み始めてしまう。

「……く……んぅ……っ」

乳輪を指の腹でクルクルと擦られると、中心の乳首がツンと硬く勃ちあがった。

「やっ！」

ネグリジェの薄い布地を押し上げて、はしたなく胸の突起が隆起しているのが、自分でもよく見えていた。恥ずかしさに身を捩りながら、腕で隠そうとすると、グッと乳首を強く抓まれてしまう。

「い……痛っ……、ひ……ぁっ！」

指の間で乳首をコリコリと擦りつけられて、マリアンはビクンと身体を跳ねさせた。

「逃げちゃだめだよ。今からこのかわいい乳首をたっぷり吸ってあげるんだから」

顫を放されてようやく喋れるようになった。マリアンは掠れた声で訴える。

「……ないで……しないで……っ。お兄様……やめて」

マリアンは乳首を吸われると、変な声を出してしまいそうになるのだ。耳を塞ぎたくなるような淫らな声だ。お願いだから、今すぐやめて欲しかった。

指で擦りつけるのも、唇で吸い上げるのも、ぜんぶだめだ。

「今日はちゃんと布越しじゃなくて、直接触ってあげる。兄さんが助けにくるなんて思わない方がいいよ。念のためにしばらくの間は、門にしっかり鍵をかけて誰が訪ねて来ても開けないように言っておいたから」

このグリムレット家は、家督を相続する前だというのに、もはやジェイラスの思うままになっているらしかった。数年前から、グリムレット家の家業のすべては、彼が担っている。当然と言えば、当然なのかもしれない。つまり勘当された娘であるマリアンを娶ることも、彼にとってはなんの障害にもならないのだ。

たとえマリアンが、廊下に響き渡るほどの大声で助けを呼んだとしても、誰も助けてはくれないだろう。

「どうして……こんな……」

身に纏っていたネグリジェが、鎖骨の辺りまで捲り上げられると、柔らかな胸の膨らみや下肢に穿《は》いていた純白のドロワーズが露わになってしまう。

「……あっ、や……。見ないでっ」

マリアンは慌ててネグリジェの裾を引き下ろして身体を隠そうとした。すると、ジェイラスが微笑みかけてくる。

「そんな風に僕の邪魔をするなら、縛りつけるしかないんだけどいいの？」

彼の瞳はまったく笑っていなかった。マリアンは震えながら硬直してしまう。

「ずり落ちないように、そのままネグリジェを摑んでいて。……いいね」

穏やかな口調なのに、有無をいわせぬ威圧感を覚える。脅しに屈したマリアンは彼の傀《かい》儡《らい》になるしかなかった。

指が白くなるほどネグリジェを持ったまま、怯えた瞳を彼に向ける。

そうして身体を露わにしているマリアンを、ジェイラスが愛おしげに見つめてくる。柔らかな胸の膨らみも、先端で尖った乳首も、ウエストの括れも、無防備な臍《へそ》も、人前に出すべきではない下着も、華奢な足も、すべて彼の強い視線に晒されていた。

「うぅ……」

恥ずかしさにマリアンは泣き出してしまいそうだった。ジェイラスは食い入るように見つめた挙句に、マリアンの赤く色づいた果実のような胸の突起に唇を寄せてくる。

「やっぱりかわいい。……実はふたりが眠っている隙に、毎晩マリアンのチェリーみたいな乳首を舌で転がして、胸を揉んであげていたら、こんなにも大きく胸が膨らんじゃったんだ。ごめんね」

とつぜんの告白に、頭のなかが真っ白になる。意識のないうちに、本当にそんなことをされていたのだろうか？

マリアンが目を瞠って愕然としていると、ジェイラスがふっと破顔する。

「……冗談だって。もしかして本気にした？」

「嘘、なの？」

「ふふ。事実じゃなくて残念？　それならマリアンの好きなようにとっていいよ」

ジェイラスは悪戯っぽく笑うと、少し肉厚な唇でマリアンの乳首を咥え込んでくる。

「想像してみて。無防備に眠る君の胸に、僕がこうして舌を這わしているところを」

熱く濡れた舌で、ヌルリヌルリと乳首の側面が擦られていく。

「いやらしく硬くなった乳首を、……こうして……、舌先で転がして……、はぁ……」

熱い吐息が胸にふきかかると、肌が総毛立った。

ジェイラスの赤い舌が、ちろちろと口腔から覗き見えるたびに、いっそう身体に淫靡な疼きが湧き上がってしまう。

「いや？　それとも、嬉しい？」

さらに、小さな突起がくすぐられていく。

「……あ……っ。いや……そんなの想像したくない……」

マリアンが想像を拒絶しようとしても、ぬるついた生々しい感触のせいで、強制的に想像させられてしまう。

毎晩、なにも知らずに眠っている自分の胸に、いやらしくむしゃぶりついてくるジェイラスの姿を想像すると、戦慄に身体が震えるのをとめられない。

「や……、お兄様が、そんなことするはず……、あ、あふ……っ」

舌と口蓋を使って、ジェイラスはじんじんと疼く乳首を、器用に扱き上げていく。

ジェイラスの口淫は的確で、マリアンの感じる行為をすべて見抜いているように思えてならなかった。

「こんなおいしそうな身体が隣で眠っているのに、欲情しない男なんていているのかな？　もし僕がこうして毎晩かわいがっていたとしたら、マリアンの乳首がこんなにも感じやすいのは、そのせいかもね」

舌先で転がし、押しつぶすように扱き上げ、胸のなかへと押し込まれる。その繰り返しに、マリアンはいっそう息を乱してしまう。

「やめて……。お兄様は、そんなこと……してないっ。……い、いじわるな想像させないで……。……はぁ……、はぁ……、や……っ。も、もう吸わな……、あっ……」

ジェイラスの生暖かい口腔で、乳首が舐めしゃぶられるたびに、仰け反るほどの甘い痺れが身体を駆け抜けていく。

「感じちゃった？　かわいい。……マリアンのお願いならなんでも聞いてあげたいけど、こればっかりは嫌かな。ごめんね。だって、こんな気持ちいいこと、やめられない」

蠢く舌が、マリアンの乳首をねっとりと舐め上げては舌裏で舐めおろし、なんどもなんども上下に揺さぶったり、旋回させるような動きをさせたりしてくる。

「……ん、んぅ……っ！」

ジンジンと乳首が疼いていた。四肢にまで甘い痺れが走り抜けていく。歯を食いしばって喘ぎを堪えようとするが、あまりの快感に赤い唇をヒクヒクと震わせてしまう。

ジェイラスは熱い口腔で扱くようにして、執拗にマリアンの乳首にしゃぶりついてくる。

「実はね。僕は……舌がすごく弱いんだ」

唾液にじっとりと濡れそぼった乳首を、熱い舌でたっぷりと舐めながら、ジェイラスが情欲に掠れた声で囁く。

「マリアンの乳首をこうして咥えているだけで、勃ちそうになるよ」

いきなりお尻のあたりに、硬いものが押しつけられ、マリアンは目を瞠った。ジェイラスが穿いているトラウザーズを押し上げる熱は、紛れもなく彼の欲望だった。

「ああ、ごめん。勃ちそうじゃなくて、勃ってしまうの間違いだ。……マリアンはもう処女じゃないんだから、これがなんだか解るよね？　男はこうなると、女を抱かずにはいられない。愛しい女性ならなおさらね」

ジェイラスは胸を揉んでいるのとは反対側の手でマリアンの身体を弄り始める。その間も、グリグリと隆起した滾りを、布越しにマリアンの下肢に押しつけ続けていた。

「あ、あぁ……、いや……、もう、あんなことできない」

脳裏を過ったのは、メリメリと粘膜を引き伸ばされる痛みだ。昨夜、義父ブレンダンの熱く脈動する肉棒に、なんども突き上げられて、あられもない声を出してしまった。

あんな恥ずかしいことは、二度とできそうになかった。

マリアンがふるふると顔を横に振って拒もうとすると、ジェイラスが慈しむような眼差しをむけてくる。

「怖い？　そうか。兄さんに処女を奪われて辛かったんだね。かわいそうに」

ジェイラスは昔からマリアンに優しくしてくれていた。口づけなどの悪戯は仕掛けられたが、ひどい真似などされたことは一度もない。

きっと、もうこんな淫らな真似はやめてくれるに違いない。そう信じたかった。

「……お兄様は、許してくれる……？」

マリアンが期待を込めて彼を見上げたときだった。

「もちろん、大丈夫だよ。……僕は兄さんとは違う。ちゃんと気持ちよくしてあげるから」

「……えっ。……やぁ……っ」

望んでいたのはそんなことではない。マリアンが驚愕に声をあげたとき、そっとドロワーズの紐が解かれ始めた。

「いや、……いやっ、お兄様……やめて……、しないで……、私、……もう、したくない。……あれは、いや……っ」

踵《かかと》でシーツを掻くようにして、マリアンが抵抗を試みる。だが、ドロワーズ越しに掌で秘められた部分を弄られ始めてしまう。

「僕と兄さんは違うよ。マリアンのここ、大事にかわいがって、蕩けそうなくらい気持ちよくしてあげる。だから、そんなに怯えないで」

気持ちよくなんてなりたくない。あんな自分が自分でなくなるような感覚なんて、味わいたくない。

「……いや、……いや……そこには、触らな……いで……、お、お願い……」

しゃくり上げながら潤んだ瞳で訴える。だが、なんども掌を擦りつけられていくと、じわじわと身体の中心が疼き出してきた。子宮の奥がきゅうっと締めつけられるような快感が湧き出して、鼻先から熱い吐息が漏れる。

「ん、んぅ……、い、……弄ったら……や……っ」

マリアンの淫靡に震える媚肉を撫で擦っていたジェイラスの掌が、柔らかい内腿や足の付け根にまで這わされると、身震いが走り抜けていく。

「どうして？　ドロワーズをこんなに湿らせているんだから、ちゃんと気持ちがいいんだよね？……ああ、そうか。直接触って欲しいってことかな。ごめんね。気が利かなくて」

ドロワーズのなかは、ぐっしょりと甘蜜に濡れてしまっている。見られたくなくて、マリアンは腰を揺らして逃れようとする。だが、逆らうなとばかりに、ジェイラスに乳首をキュッと引っ張られると、痛みに動けなくなった。

「痛っんん……、ち、……違……っ！　あ、あ……っ」

強く乳首が引っ張られたり、指の腹で擦りつけられたりを繰り返されていく。

「……あ、あふ……っ」

指でなんども乳首を虐《いじ》められ、痛いのに疼いてしまう。マリアンは瞳を潤ませながら、ジェイラスに懇願した。

「て、……手を……放し……っ」

ジェイラスの双眸は一見すると穏やかなのに、ひどく狂気じみた光を宿していた。逆らう者は許さないという威圧感がひしひしと伝わってきて、どうしても抗いきれない。

「マリアンは恥ずかしがっているだけで、本当は、僕に見て欲しいって思っているんだよね？　いいよ。どんな風になっているのか、見てあげる」

言い聞かせるように囁かれながら、マリアンのドロワーズが引きおろされた。

「……見ないで……、や、やぁ……っ」

懇願も虚しく、薄い茂みの奥に隠されていた花園が露わにされてしまう。ジェイラスは感嘆の息を吐きながら、今度は直《じか》に指を這わしてくる。

「やっぱり思った通りだ。こんなに溢れさせて……、凄いね」

蜜に塗れた膣口を指で擦られると、ジェイラスの長い指までぐっしょりと濡れそぼってしまっていた。ひどく艶めかしい甘蜜のフェロモンが、薔薇の芳香に交じって鼻孔をくすぐる。

「……い、……やぁ……っ」

マリアンは、はしたない愛液の量から目を逸らしたくて堪らない。

「……知らない、……そんなの……、私、知らないっ」

現実を受け入れず、懸命に頭《かぶり》を振っていると、ジェイラスがひどく愉しげな笑みを浮かべた。

「そう？　じゃあ見せてあげるよ」

マリアンは告げられた言葉の意味が解らず、怯えた表情で眉を顰める。

ふいに身体が仰向けにベッドへと横たえられた。足元に絡んでいたドロワーズをすべて取り払われ、太腿へと頬ずりされる。

「な、なにを……」

捲り上げられたネグリジェだけを纏った姿だ。ジェイラスがなにをするつもりなのか見当もつかないでいるマリアンは、不安でならなかった。

「見せてあげるって言ったはずだよ」

膝裏を掴まれて足が抱えられると、そのまま身体を二つ折りにする格好にされてしまう。足が開かれ、秘裂を露わにした卑猥な格好だ。

「……お兄様……。……これは……」

怯えるマリアンに、慈愛に満ちた微笑みが向けられた。

「すごい格好だね。いやらしい」

表情はまるで天使のようなのに、言葉や行為は人を姦淫《かんいん》の罪に引き摺り込もうとする悪魔そのものだ。

「……な、……なにを……」

掠れた声で尋ねる。羞恥でマリアンの頬は真っ赤に染まってしまっていた。そんな彼女をジェイラスは愛おしげに見つめてくる。

「マリアンがどれだけ気持ちよくなっていて、いやらしい蜜を溢れさせているか、教えてあげようと思って」

足を左右に開かれ、身体を二つ折りにされた格好で、媚肉を覆う銀の茂みに顔を近づけられた。マリアンが驚愕している間に、ジェイラスは躊躇いもせず顔を埋めてくる。

媚肉に形のよい唇を押しつけられ、マリアンは息を吞む。

「そんな……とこ……」

狼狽するマリアンを、ジェイラスは愉しげに見つめていた。

「兄さんは、舐めてくれなかったんだ?」

確かブレンダンは、執務机に手をつかせたマリアンの背後で跪き、淫らに震える花芯をなんども舐めしゃぶってきたはずだ。

彼の舌の感触まで思い出してしまって、いっそう恥ずかしくてならない。マリアンは真っ赤になって、ギュッと瞼を閉じた。

「そう。……処女を捧げただけじゃなくて、こんなところまで舐めてもらったんだ。どんな風にしてもらったのかな。気になるけど、……やっぱり知りたくないかな」

覇気のない声でジェイラスは呟く。

「……ああでも、マリアンのその顔を見ているだけで、ひとつわかることがある。とっても気持ちよかったんだね」

どこか投げやりな様子で続けられ、マリアンは懸命に首を横に振った。

「ち、違う……」

あんな恥ずかしい場所を義父に舐められて気持ちよくなるなんて、最低の娘だ。違う。気持ちよくなんてなっていない。

マリアンはぶんぶんと顔を横に振って、泣きそうになりながら言い返す。

「そんなに期待に頬を染めながら否定しても、僕の目は誤魔化せないよ。大切なマリアンのことなら、なんでもわかるんだから」

ジェイラスはそう告げると、見せつけるように長い舌を伸ばし、ねっとりと肉びらごと花芯を舐め上げてくる。小さな肉芽に、ヌルついた舌が触れるたびに、足の爪先まで痺れるような感覚が走り抜けていく。

「……あっ、あぁっ！」

ジェイラスは、マリアンの女淫にたっぷりと溢れた甘蜜を啜り上げ、花芯を咥え込むと痛いぐらいに強く吸い上げてくる。

「ん、んぅ……っ」

ぶるぶると震えながら必死に声を抑えつけると、行き場をなくした熱が、身体の奥底に渦巻く。だが、唾液に塗れた口腔で、敏感な部分を扱かれるたびに、身体の奥底から溢れるような愉悦が下肢から迫り上がっていた。その衝動に突き動かされるように、マリアンは艶を帯びた嬌声を漏らしてしまう。

「く……、ん、んぅ……はぁ……、あ、ひ……ぁっ、あ、あ、あぁっ」

媚びるような嬌声が、どこか霞んで耳に届く。普段の自分の声からは、到底想像できないような甘く艶を帯びた声だ。すると、マリアンがひどく感じてしまったときの舌の動きを、ジェイラスはなんども執拗に繰り返してくる。

「あ、あ、あっ、……だ、だめっ、それだめぇ！」

ガクガクと腰を揺すりながら訴える。だが、チラリと淫靡な眼差しを向けられるだけで、行為をやめてもらうことはできなかった。

「兄さんと僕、どっちに舐められた方が気持ちいい？」

生温かく濡れた口腔で、ジェイラスは夢中になってマリアンの肉芽や肉びらを舐めしゃぶりながら尋ねてきた。

「気持ちよくなんて……、……わ、私は……、……いやって」

蠢く舌で花芯の包皮が剝かれると、硬く膨れた陰核が露わになる。マリアンの充血した肉粒を、ジェイラスは舌先で弄び始めた。

「僕の方がいいよね。マリアン、気持ちよくて堪らないって顔してる。ほら」

淫らな動きで鋭敏な突起をなんども嬲られ、泣きじゃくりたくなるほどの愉悦が込み上げてくる。マリアンは絶え間なく嬌声交じりの嗚咽を漏らし続ける。

「……んぁ……っ、や、……やぁ……はぁ……、はぁ……んんぅ」

ビクビクと身体を引き攣らせるたびに、胸の大きな膨らみが、ぷるんぷるんと誘うように揺れてしまっていた。

「いい眺め。……兄さんなんて無視して、もっと早くここに連れ去ってくればよかった。そうしたら、マリアンの処女は僕が優しく奪ってあげられたのに」

皮肉げにクッと口角をあげながら、ジェイラスがマリアンを見つめてくる。見る者を灼きつくしてしまいそうなほどの激しい視線だ。普段のジェイラスからは考えられないような冷酷な雰囲気を感じ取り、怯えたマリアンは息を呑む。

「ごめんね。あんまりにもかわいいから、少し考えごとをしてしまった」

そう言いながらジェイラスは、マリアンの蜜口にまで舌を這わせ始めた。

「……あっ！　んんっ」

甘蜜に塗れた襞の狭間に、ヌルリと舌が押し込まれる。腰の抜けそうな艶めかしい感触に、衝動的に身体が波打った。

「あ、あふ……んんぅ……」

ぬるぬると舌が上下するたびに、ひくひくと濡襞が痙攣するのをとめられない。

「ここもいやらしく誘い込んでるよ。……すごい……、見てるだけで、興奮する」

マリアンは淫らな女ではない。人を誘うような真似などするはずがない。そう思いたいのに、身体は心を裏切って、熱く疼いてしまっていた。

「……くっぅ、……ん、んんっ」

ジェイラスの舌の動きに合わせて淫らに身体がくねり、甘い痺れにいっそう息が乱れる。

恥ずかしくて、恥ずかしくて、頭のなかが沸騰してしまいそうだった。

いっそこのまま、自分自身の息の根を止めて、消えてしまいたいぐらいに——。

「身体は柔らかいけど、この奥まではさすがに自分で見えないか、残念だな。パクパクして誘い込んでいるとこ見せてあげたかったのになぁ」

どうやらジェイラスは淫らに震える淫唇をマリアンに見せつけようとしていたらしかった。よほど身体が柔らかくなければ、そんな場所など見えるはずがない。

「見ない……見たくないっ」

マリアンはふるふると首を横に振って訴える。

「じゃあ、このまま挿れちゃおっか」

尖らせた長い舌で淫唇を抉られると、甘い愉悦が駆け抜けていく。

「はぁ……、はぁ……。……お、お願い……、お兄様、やめて……」

もう限界だった。これ以上いやらしいことをされたら、マリアンはだめになってしまう。

潤んだアメシスト色の瞳で訴えると、ジェイラスの双眸《そうぼう》が剣呑な光を宿した。

「じゃあ、口でしてくれる?」

「えっ、く、口……?」

口でなにをしろというのだろうか。マリアンは意味が解らず首を傾げる。その様子を、ジェイラスはひどく愉しげに見つめてきた。

「兄さんには、しろって言われなかったんだ? じゃあ、やっとマリアンの『初めて』がもらえるね」

嬉々とした様子は、マリアンの了承など得るつもりがないことを証明していた。嫌な予感がした。今すぐにでも逃げだしたい衝動に駆られ、泣きそうになってくる。

「マリアン。こっちに来て」

膝立ちしたジェイラスが、マリアンの腕を掴んで、身体を起こさせた。

訝しげに見つめていると、彼はトラウザーズのベルトを外し始める。彼が自ら衣服を乱す行為は、ひどく扇情的でマリアンは思わず息を呑んだ。そうして、トラウザーズを寛がせたジェイラスは、膨れ上がった肉茎を、マリアンに見せつけてくる。

「……あ……っ」

赤黒く隆起した雄の怒張を前に、マリアンは悲鳴を上げそうになっていた。

「マリアンの小さくてかわいい舌で、舐めて」

耳を疑うような言葉に、呼吸をすることすら忘れて、硬直してしまう。

「……こ、これを……、舐め……る……？」

目の前にあるのは、血管を浮き上がらせて、まるで意思を持って生きているかのような滾りだ。こんな恐ろしそうなものを舐めるなんて無理だ。

「そうか残念だな。できないなら無理強いはさせられないし、仕方ないね。今すぐ抱いちゃうけど、いいかな。……はい、お尻こっち向けて」

犯されそうになったマリアンは、ブルブルと頭を横に振る。

「いや……、あれはいやっ」

あんな恥ずかしいことはもうできない。乱れるなんて嫌だ。変な声なんて出したくない。

「じゃあ、咥えて。もしかして、僕に食べさせて欲しい？」

優しく微笑みかけられるが、差し出されているのは、グロテスクに脈打った肉塊だ。

しかし、言う通りにしなければ昨夜ブレンダンにされたような行為を強要されてしまう。

マリアンはただ大人しく従うしかなかった。

「はい、あーん」

お菓子を食べさせてもらったときのように、無邪気に口を開けられるわけがない。マリアンは、震えながら少しだけ唇を開く。すると、ジェイラスに口をグッと指でこじ開けられて、太く長い肉棒を咥え込まされてしまった。

「……く……ん、んぅ……」

脈打つ肉棒が口腔に押し込まれる淫らな感触に、マリアンは錯乱しそうになる。

唇の間に押し込まれた肉棒をどうしていいか解らずにいると、優しく頭が撫でられた。

「ん。……よくできました。マリアンは良い子だね。そのまま舐めてみて」

硬く隆起した肉茎を、マリアンは恐る恐る小さな舌でペロリと舐める。微かな塩味を舌の上に感じて、思わず舌を引き攣らせてしまう。

「もっと舌を動かして」

ジェイラスはマリアンの喉元をくすぐりながら、甘い声音で命じてくる。

「は……はふ……」

マリアンはギュッと瞼を閉じて、二度三度とジェイラスの肉茎に舌を這わせた。

「えっちな顔。……そんな顔もかわいいね。無理やり喉の奥まで捻じ込みたくなるよ」

卑猥な行為を口に出され、マリアンはしゃくり上げそうになる。

そんなひどいことをしないで欲しかった。口に咥えるだけでも、精一杯だというのに。

「ふふ。嫌？　それなら唇を窄《すぼ》めて、この括れのとこ擦って」

半ば脅されるようにして、ジェイラスの望むままに口を動かしていく。唇を窄めて、亀頭の根元を擦りつけていった。

「……あ、いいよ。もっと強くして」

ヒクヒクと震える鈴口から、透明な先走りが滲み出して、マリアンの口腔に広がっていく。塩味が強くなって、舌の付け根から、唾液が溢れ出してくる。

「ん、んぅ……ふ……ん、んんっ」

先走りと唾液に塗れた亀頭が、グリグリと舌の上に擦りつけられると、ひどく艶めかしい気持ちが湧き上がってくる。

「吸って……、あぁ堪らないね。気持ちいいよ。たがが外れそうなぐらい。無理やりマリアンの喉奥まで突き上げて、僕でいっぱいにしてあげたくなる」

「ん、んぅ……っ」

そんなことしないで欲しい。マリアンは濡れた瞳で訴える。

「腰を振られるのは嫌？　じゃあ、吸って。……もっと強くだよ」

口のなかの粘液を吸い上げると、下肢の中心が疼き出すような、淫らな欲求が高まってくる。昨夜マリアンを抱いたブレンダンの肉棒も、こんな風に滾っていたのだと改めて思い知らされて、いっそう息が乱れてしまう。

「考えごと？　もしも兄さんのことを考えているなら、ひどいことするかもしれないよ」

冷ややかに尋ねられ、マリアンは思わず閉じていた瞼を開く。怯えた瞳でジェイラスを窺うと、不機嫌そうな表情が見えた。いつも穏やかな義兄を憤慨させてしまったことが、申し訳なくて視界がぼやけるほど瞳が潤み始める。

「僕のことだけ考えてくれるよね？　ほら、もっと舌を絡めて。だめなら、無理しなくていいから」

泣きそうなマリアンに気づいたジェイラスは、薄い笑みを向けてきた。マリアンはこくりと頷く。

「いい子。ほら、もっと奥まで咥えて。歯は立てないようにして」

「……ん、んぅっ」

頰を摑まれて、奥深くに肉棒が押し込まれていく。

「ごほっ」

必死に舌を絡めようとしていたマリアンは、嘔吐《えず》きそうになっていた。

「だめ。吐き出さないで。……舌動かしながら強く吸って。……ん……、もっとだよ」

言われるままに吸い上げると、激しい脈動が口腔から伝わってきて、ひどく切なくなってくる。舌のうえが、ジェイラスの肉棒の裏の筋が走った場所に擦れるたびに、艶めかしい疼きに苛まれていた。

「んふ……、ん、んぅ……」

痛む顎を堪え、マリアンはジェイラスの雁首をなんども舐め上げていく。

「陰嚢《いんのう》も舐めて」

ズルリと肉棒が引きずり出されると、こんなことをされるのは嫌だったはずなのに、口寂しさに息が乱れてしまう。

「……はぁ、はぁ……。……い……んのう？」

隆々とした肉棒が勃ちあがり、唾液と先走りにぬるついた赤黒く脈打った肉棒を改めて目の当たりにすることになった。

「ペニスの下の袋、解る？」

赤く充血して血管を浮き上がらせた肉棒のしたに下がる袋のような部分のことを言っているらしかった。

「……う……うん……」

そっと瞳を伏せて睫毛を震わせながら、顔を近づけてみると、目測を誤ったらしく、隆起した肉棒に触れてしまう。肉棒に滴る粘液をチュッと吸い上げ、徐々に唇を滑らせ、付け根にある陰嚢に小さな舌を這わせた。

「舐めるだけじゃなくて、咥えてみて」

小さな唇を懸命に開いて、言われた通りに咥え込んでみる。柔らかい皮膚のむこうに感じる、こりこりとした感触に戸惑う。

「はふ……ん、んぅ……っ」

口腔でしゃぶりつくと、なかはジェイラスの陰嚢でいっぱいになってしまう。

「……吸って」

どうしていいかわからないマリアンは、ジェイラスに言われるままに従うしかなかった。乱れた息や溢れる唾液ごと、ちゅうっと陰囊を吸い上げると、ジェイラスは満足げに頭を撫でてくれた。

「うん。上手。……ここを舌で抉ってみて」

示されたのはジェイラスの陰囊の筋だった、チロチロと舐める。すると、彼はひどく高揚した顔で、ぶるりと胴震いしてみせる。

ジェイラスも喜んでいる。そう思うだけで、ひどく身体が昂《たかぶ》って、いっそう裏の筋を舐めしゃぶってしまう。

「……なに？　気に入った？　でも……もういいよ。よくできたね」

ようやく許してもらえたのだ。そう思うと途端に、身体の力が抜けてしまう。ベッドに手をつきながら、マリアンは水を求める犬のように唇を開いたまま、息を乱していた。

「はぁ、はぁ……」

先走りの味がまだ舌のうえに残っていることに気づき、溢れる唾液を飲み込むと、なぜか身体がぞくぞくしてくる。

「……私……」

いったい自分の身体はどうしてしまったのだろうか。ジェイラスの肉棒を咥えさせられている間にも、いっそう秘裂に蜜が溢れ出してしまっていた。

淫唇がなにかを求めるように、ヒクヒクと震えるのをとめられない。

「あ、あの……お風呂に……」

ジェイラスの指や舌の感触、体温も、匂いも、今すぐ忘れてしまいたい。そうしなければ淫らな願いを口に出してしまいそうだった。

一刻も早く身体に籠《こも》った熱を冷ましたくて、マリアンはバスルームに駆け込もうとした。しかし、腕を摑まれてベッドから降りることができない。そのうえ、いきなり仰向けに引き倒されてしまった。

「……え……」

目を丸くしている間にも、ジェイラスが覆いかぶさってくる。

彼の雄に口で奉仕すれば、許してくれると約束したはずだ。それなのにどうして、自分は押し倒されているのだろうか。

「これ……見せてもらったよ」

ジェイラスはマリアンの首に嵌めている、金のミニチュア懐中時計のネックレスの蓋を開いて、止まってしまった文字盤を嘲《あざけ》るような眼差しで見つめていた。

「昨日、いやらしい蜜で濡れてたよね。膣内に挿入されて、壊されちゃったんだ？　君が僕のものだって証みたいで、つけてくれること、すごく嬉しかったのに。……他の男に抱かれてた時間で、止まってしまうなんてひどいな」

皮肉気に顔を歪めながら、ジェイラスが呟く。そして、続けた。

「昨日のこと、マリアンがぜんぶ忘れてしまうぐらいに抱かせてもらうから」

悪びれもなくジェイラスが微笑みかけてくる。

「……う、嘘つき……」

マリアンが潤んだ瞳でジェイラスを睨みつけた。

「でもほら、まだイケてないし」

熱く滾った怒張を、片手で見せつけるように擦りつける姿を目の当たりにして、マリアンはカァッと頬を赤くしてしまう。

「僕とするのは、嫌？」

いやらしいことをしたいなんて、思えるわけがない。乱れるなんて嫌だ。相手がだれであろうと、それは同じだ。もしも今、ブレンダンに誘われたとしてもマリアンは、拒絶したはずだ。

「そんな顔されると、……無理やり挿れたくなるよ」

このままでは、ジェイラスに抱かれてしまう。マリアンはふるふると首を横に振る。

「いや……、お兄様……っ。や……約束したのに……っ」

悲痛な声で訴える。すると彼はいつもの慈愛をこめた笑みを浮かべながら、小首を傾げてみせた。

「騙してごめんね。本当はマリアンが口でしてくれても初めから抱くつもりだったんだ。ただ、そのかわいい唇に咥えて、舐めて欲しかっただけ。……おかげですごくよかったよ」

「ひどい……っ」

マリアンはポカリとジェイラスの胸を叩く。しかし中性的な容姿をしていても、ジェイラスは意外と筋肉質で、力強い男性だ。

マリアンが軽く叩いたところで痛みなど感じないらしく、懲りた様子などまったくない。

「お兄様……、やめて……っ、口でしたら、挿れないって……」

怯えるマリアンの足が大きく開かれる。そして、ジェイラスは硬く膨れ上がった亀頭を、マリアンの淫らに震える淫唇の狭間に押し当てた。

「ああ、マリアンのなかは、どんな感じかな。とっても楽しみだよ」

艶やかな唇を小さく舐めながら、ジェイラスが囁いてくる。そうして、濡れそぼった膣内に、脈動する雄が挿入されていく。

「……う、……嘘つき、嘘つき……っ！　あっ！　んん……んんぅ、や……ぁっ」

粘着質の蜜にたっぷりと濡れた襞が押し開かれ、まだ男を受け入れることに慣れていない隘路に凶器のような怒張が押し込まれていく。

「く……ん、んぅ……っ！」

マリアンは腰を引かせて逃げようとするが、グッと強く腰を打ちつけられ、串刺しにする格好で、灼熱の楔を穿たれてしまう。

「……や、や、やぁ……、抜い……。……あんなこと……、も、もう、したくない……、お兄様。……許し……。あっ、あっ、あっ、あっ！」

息も絶え絶えになりながらも、マリアンは懸命に訴える。しかし、足を抱えたままベッドに押さえつけられ、ジュチュヌチュと腰を打ちつけられていく。

「思った通り狭くて熱いね。マリアンの襞に包まれてると思うだけで、イキそう」

まだ襞を引き伸ばされる感触には慣れない。しかし、昨日のようなメリメリと引き裂かれるような痛みはなかった。だからこそ、いっそう変な声をあげてしまいそうになる。

「……いや、いや……、しないで……、大きくて熱いのグチュグチュしないで……」

マリアンが首を横に振って訴えれば訴えるほど、雄を穿つ律動は速く激しくなっていく。逃げ惑って大きく背中を仰け反らせる華奢な肢体に、脈々と隆起した熱棒が突き上げられる。

「んぁ……っ、あ、あぁっ！」

ゴリッと臍のしたのあたりを突き上げられ、大きく身体が波打つ。

膨れ上がった亀頭の根元にある雁首が、淫らに蠕動する襞を擦りつけながら、抽送されていく。震える襞が引き伸ばされ、熱い肉棒を包み込み、いやらしく収縮する。

「はぁ……はぁ……、だって、こんなにかわいいのに、我慢なんて無理だよ。……マリアン、……好きな子を抱くことが、……こんなに……いいなんて……」

ジェイラスは息を乱しながら、マリアンの膣洞を突き上げ、腰を振りたくり続ける。

熱く灼けた肉竿が、出し入れされるたびに、内壁で捏ね回された粘液が掻き出されて、接合部分からたっぷりと溢れ出していた。しとどに濡れた淫唇から、雄が出し入れされるたびに、ズチュッヌブッジュプッと耳を塞ぎたくなるような卑猥な水音が部屋に響く。

「お兄様……、も、も……許し……、いや、いやっ」

うねる襞を擦りつけられるたびに、求めるように淫唇が収縮し、いっそう肉棒を咥え込んでしまっていた。激しく腰を押し回され、快感に下がった子宮口を突きあげられると、あられもない喘ぎを漏らしそうになる。

「……ん、ん、んぅ……っ!」

淫らな声をあげることは恥ずかしくて、マリアンは呼吸ごと声を押し殺そうとしていた。ひどく感じる場所をグリッと擦りつけられ、ビクンと身体を仰け反らせる。

「あっ!」

マリアンは閉ざしていた唇を開いてしまう。すると、男を誘い込むような喘ぎが口を衝いて出てくる。

一度漏らしてしまうと、もうだめだった。堰《せ》き止められていた奔流が溢れ出すように、止めるすべがない。

「あ、あぁ……、やぁ……っ、ん、んぅ……はぁっ！」

最奥を突き上げられ、快感に膨らんだ膣壁を擦りつけられるたびに、生々しくジェイラスの肉棒の形や脈動が伝わってくるようだった。

「すごい、……なか、うねってる。……こんなに僕のを咥え込んで……、……ああ、……なんていやらしい……」

感嘆した声を漏らしながら、ジェイラスは太く膨れた幹の根元まで肉棒を突き上げると、マリアンの秘裂の中心にある花芯を押しつぶすように、腰を押し回してくる。

「く……っん、……ん、はぁ……、あぁっ」

尿意に似た痺れが下肢の中心に集まっていた。どうしようもないほどの愉悦に、マリアンは頬を紅潮させながら、息を乱してしまう。

「……あっ、や……やぁ……、いやらしくなんて……ないっ、違う……違うのっ」

熱に浮かされたように繰り返し告げるが、説得力などなかった。口から洩れる吐息は熱く、咽頭を震わせながら零れ落ちる喘ぎは、甘く艶を帯びている。

身体は熱く火照っていて、静まる術を知らない。濡れそぼって収縮する襞は、ジェイラスの肉棒に歓喜してむしゃぶりつくようにうねっていた。

「……もう。だめ……、終わって。……突いちゃいや……、か、掻き回さな……で……っ、お……、おかしくなる……からぁ」

感極まってしまったマリアンは、泣きじゃくりながらジェイラスに懇願した。

すると、奪うように唇が塞がれた。マリアンの快感に震える舌が、何度も何度もジェイラスのそれに絡みつけられる。

「はぁ……、はぁ……舌もいいよ。すごく……。もっと口開いて。……僕、舌弱いって、言ったよね。……こうしてマリアンとキスしてると、なにもかも蕩けそう」

ぬるついた舌を擦り合わせるようにキスを繰り返されていると、酸欠でいっそうクラクラと眩暈がしてくる。

「ふっ……、んん、んぅ……」

汗ばんだ肢体をくねらせるマリアンを、恍惚とした眼差しで見下ろしていたジェイラスは、首筋の辺りでふと表情を曇らせる。

「ここ。兄さんに、痕《あと》をつけられてるって気づいてる？」

なんのことか解らず、マリアンは首を傾げる。すると、ジェイラスはマリアンの項に顔を近づけてきた。

「……こんなものを見せつけられたら、すごく嫌な気分になる」

低い声音で呟いたジェイラスは、マリアンの項を、痛いぐらいに吸い上げてくる。

「ひっ、んん……ぅ……！」

それだけでは済まず、さらには同じ場所に噛みつかれてしまう。

「うぁ……っ！」

マリアンが痛みに身体を引き攣らせると、ジェイラスは満足げに微笑んだ。

「痛かった？　ごめんね。でも僕の妻になる身で、他の男に処女を奪われた挙句に吸い痕までつけられるマリアンが悪いんだよ」

血が滲むほど肌を噛まれた場所が、今度は優しく舐め上げられていく。

「……あ、あぁ……っ」

痛みとぬるついた感触が同時に与えられて、マリアンはヒクヒクと身体を痙攣させながら、泣き濡れた瞳をジェイラスに向ける。

「……噛まれるのも、意外と良かったんだ。僕のペニス、きゅうきゅう締めつけているよ。もっと噛んであげようか」

マリアンは痛みに身体を引き攣らせてしまっただけだ。気持ちが良かったわけではない。こんなことをされて悦ぶわけがないのに。

「違……違う……っ」

「遠慮しなくていいんだよ。マリアンのして欲しいことなら、なんでも叶えてあげる。欲しいものもぜんぶあげる。……もちろん、このエッチな身体も、毎晩満たしてあげるし、感じやすい乳首も好きなだけ吸ってあげる」

ズチュッと膨れ上がった肉棒が、最奥まで突き上げられた。そのまま濡襞を嬲るように、グリグリと腰が押し回されていく。

「……あ、あぁ、やぁ……っ。……違うっ、そんなんじゃないのに……」

マリアンはいやらしい身体なんてしていない。違うと信じたかった。それなのに、義父であるブレンダンに抱かれても、義兄であるジェイラスに求められても、こんなにも乱れてしまっている。そのことが泣きたいぐらい恥ずかしかった。

「も、……いや……、もういや……っ」

仰け反ったマリアンの大きな乳房を摑みあげ、硬く尖った乳首を、ジェイラスが咥えこんでくる。

「……ん、んんぅ……っ！」

興奮で熱くなったジェイラスの口腔に、敏感な突起を舐めしゃぶられ、マリアンはガクガクと腰を揺らしてしまう。引き攣った足の爪先が、ビクビクと空を掻く。

「大好きだよ、マリアン、……もっと……。……もっとだよ」

ジェイラスは柔胸にむしゃぶりつきながら、なんども腰を打ちつけてくる。肉を打つ激しい音が次第にピッチを速めていく。

「ん、んぅ……っ、いや、いやお兄様。……そんな……激しく……しないで……、グチュグチュしな……で……、壊れ、こわれちゃ……」

ガクガクと総身を揺さぶりながら、切なく内壁を収縮させると、身体が浮き上がるように愉悦が押し寄せてくる。

「壊さない……、大事にする、誰よりも大事にする。……マリアン、はぁ……はぁ……、愛してる」

蕩けてしまいそうなほどの痺れに、マリアンは断続的な喘ぎを漏らす。

「……あ、あぁ、あぁぁ！」

頭のなかが霞みがかってしまって、熱く震える肉襞を突き上げられる律動に、淫らに身悶えるのをとめられない。

「マリアン、出すよ。……結婚するんだから、いいよね。僕の子、産んでくれるよね」

ジェイラスはそう言いながら、マリアンの子宮口に硬く膨張した亀頭をゴリゴリと擦りつけてくる。

太い肉棒の幹で、いやらしく震える淫唇が押し広げられ、快感の坩堝《るつぼ》である花芯が同時に嬲られていた。激しい愉悦に、濡れそぼった内襞がきゅうきゅうと収縮する。

「……ひ……っん……。……ま、待って……、お兄様……やめ……っ。赤ちゃんできちゃ……出しちゃ、……だめ、だめぇ……っ」

熱くうねる襞に締め付けられ、脈動する雄が身体の奥底で、今にも熱を弾かせそうなほど大きく脈打つ。

長いプラチナ色の髪を揺らしながら、マリアンはジェイラスをとめようとした。まだマリアンは結婚の了承などしていないのに。

「抜いて……お……お願い……、出し……ちゃ……だめぇっ……」

懸命に懇願するが、大きく脈動した肉棒が、マリアンの最奥でドクリと熱を注ぎ込んでくる。

「拒絶なんてさせない。……僕だけのものにしてあげる。……マリアン愛しているよ」

ジェイラスの精を、注がれてしまった。マリアンは驚愕に目を見開く。

「あぁ……っあぁっ！」

残滓《ざんし》までたっぷりと膣洞の奥底に注がれるのを感じながら、マリアンはシーツの上にぐったりと身体を弛緩させた。

第四章　幸せの代償

ジェイラスは一度の行為で終えてはくれなかった。

激しい絶頂にぐったりしているマリアンを、クッションに押しつける格好でうつ伏せにして、お尻を突き出させる格好にさせた。そして無防備な淫唇に、肉棒を突き入れてきたのだ。

「……いやぁ……、今……だめぇ……」

快感にうねった襞や硬く膨張した花芯は、ひどく感じやすくなってしまっていて、肉棒を穿たれるたびに堪えようがなく淫らな嬌声をあげてしまう。

「あっ、あっ、あっ！　お兄様……許して……おかしくなっちゃ……っ、あぁぁっ」

逃げようとする腰を抱え込まれ縦横無尽に灼けついた肉茎が突き入れられていく。

マリアンが這うようにして逃げようとすると、大きな胸の膨らみにまで手を這わされ、背後から指で乳首を攻め立てられながら、膣肉を突き回される羽目になってしまった。

「……ひぃ……あ、あぁ……」

申し訳程度に身体に絡んだネグリジェは、すべて奪い去られ、なにひとつ身に着けていない格好だ。

脈動する肉棒を突き上げられるたびに、ジェイラスの手のなかで、大きな胸の膨らみが淫らに波打つ。

「かわいい。マリアン、かわいいよ。……ずっとこうしたかったんだ。二度と放さない」

このままでは息が止まるまで犯され続けるのではないかと思うほど、ジェイラスは執拗だった。

内壁に注がれた白濁が、激しい抽送のせいで雁首に掻き出されて、淫らに内腿を伝い落ちていく。その感触にすら、喘いでしまっていた。

このままでは本当におかしくなってしまう。

淫欲に溺れて、淫らな行為を求めてやまない獣のようになっていく。

そんな予感がした。しかし、マリアンを窘《たしな》めてくれるブレンダンはここにはいない。

彼の言いつけを破って、ジェイラスといやらしい行為をしてしまった。もう顔を合わせることなんてできない。それに彼は、結婚して妻を迎えるのだ。

マリアンのような娘など、必要ないに違いない。

「……僕だけのお姫様に……こんなことができる日が来たなんて夢みたいだ……っ。もう兄さんに邪魔なんてさせない。……ふたりきりだ。いくよ、ほら、受けとめて」

ジェイラスはぶるりと身体を震わせると、ふたたび熱い飛沫《しぶき》をマリアンの肉洞の奥へと注ぎ込んでくる。

「あ、あ、あ、あっ！」

マリアンは総身をガクガクと震わせ、激しい法悦に意識を失いかける。その後、ぐったりとベッドのうえに身体を弛緩させた。だが、吐精を終えた後も、彼は肉棒を引き抜こうとせず、マリアンの汗ばんだ背中に舌を這わせてきた。

「……あ……ふぁ……、くすぐったい……、いや……」

「少し待って、直ぐに勃たせるから。……もういちどしよう」

精液に塗れた肉壁の感触を確かめるように腰が押し回される。ジェイラスは、ふたたび陰茎を奮い立たせようとしているらしかった。

「……いや、も……放し……っ」

ほんのりと薄紅色に染まった白い肌を揺らしながら、マリアンがジェイラスの行為をやめさせようとしたときだった。

躊躇いがちなノックの音が部屋に響く。

「ジェイラス様」

訪れたのは、グリムレット家のフットマンらしかった。

「ぜったいに邪魔するなと言ったよね。なんのつもり？」

「お客人が……。それが……お相手は……」

フットマンは言いにくそうに言葉を濁す。ジェイラスは門を閉ざして人払いをしていると言っていた。それなのに取り次ごうとしているということは、よほどの相手だということだ。

「わかった。すぐに行く」

ジェイラスはそう告げると、ようやくマリアンの身体を解放してくれる。

「邪魔が入ったけど、続きは夜にしよう」

「……っ」

中断しても、まだ続ける気でいることにマリアンは驚いてしまう。

「僕は別の部屋のものを使うから、ここのバスルームを使うといい。……それとも一緒に入る？」

誘うような視線を向けられ、マリアンはふるふると首を横に振った。確かに幼い頃はブレンダンと入浴したこともあったが、男の人とお風呂になんて入れるわけがない。

マリアンが気恥ずかしさに俯いていると、チュッと頬に口づけられる。

「客は直ぐに追い返すから、支度が済んだら、食堂におりておいで。マリアンは昨日からなにも食べてないから、お腹が空いているよね。夕食にはまだ早いからお茶にしよう。サンドウィッチやスコーンを用意させるよ。……また後で、僕の大切な奥さん」

ジェイラスはどんなことがあってもマリアンを必ず妻にするつもりでいるらしかった。

茫然として寝室を出て行く彼の後ろ姿を見送ると、マリアンは身体を起こそうとした。

すると、何度も肉棒で貫かれた蜜口から、ジュクリと白濁が溢れ出し、身体が総毛だってしまう。

「……あ……っ」

また恥ずかしいほどの嬌声をあげながら乱れてしまった。そのことに泣きたくなってしまう。義父だけではなく、義兄に抱かれても、感じてしまうなんて正気ではない。

なんて罪深い身体なのだろうか。

マリアンは泣きそうになりながら、バスルームに駆け込んだ。

＊＊　＊＊　＊＊

温かい湯で薔薇の香りのする石鹸《せっけん》で身体を洗うと、不安な気持ちが少しだけ和らいだ気がした。

ジェイラスとは、ちゃんと話をしなければ。大切な義兄に誰にも祝福されない結婚をさせるわけにはいかない。それに、ずっと一緒に生活していた義父のブレンダンの結婚を祝福できるように、心を整理しなければ。

マリアンはブレンダンだけではなく、ジェイラスの傍からも離れるべきなのだ。ふたりのお陰で、一通りのことはできるようになった。

読み書きもできる。邸での仕事もいくつか教わっている。きっとどうにかなるはずだ。どれだけ淋しくても、ひとりで生きて行かねばならない。

食事が終わったら、ジェイラスにそのことを告げるつもりだ。

ジェイラスは毎日、マリアンを抱こうとしている。あんなことをされていては、去る前に孕まされてしまう。できるだけ早く、ここを出て行く必要があるだろう。できれば今日にでも。

衣裳部屋の扉を開くと、数えきれないほどのドレスがかけられていた。サイズはすべてマリアンにぴったりだ。グリムレット家には、すでにマリアンのためのドレスが山ほど用意されているらしかった。

結婚を了承するどころか、こちらに引っ越すことすら聞かされていなかったマリアンは、戸惑わずにはいられない。

数多くのドレスのなかから、胸の下で切り替えのある白いモスリンのドレスを選んで袖を通し、プラチナ色の髪を軽く纏めた。金のミニチュア懐中時計のネックレスは、迷った挙句に結局身に着けた。たとえ壊れてしまっても、幸せな思い出が淫らなものに塗り替えられても、どうしても外したくなかったのだ。そうして、階下にある食堂へと向かった。

客人はもう帰ったのだろうか？　早くジェイラスと話をしたい。

そんなことを考えていると、応接間から出てくるひとりの女性の姿を見つけた。

ふらふらとした足取りは、今にも転びそうだ。女性は薄汚れた藍色のドレスを身に纏い、アップにした髪はほつれていて、斜めに歪んだ木の髪飾りがつけられている。

たぶんこの女性が、ジェイラスに会いに来た客人なのだろう。

すれ違う際に挨拶しようとしたとき、マリアンは女性の顔を目の当たりにして息を呑む。

それは、十三年前にレイン家の邸で別れて以来、一度も会っていなかった母ロサリアの顔だったからだ。

「お母様……」

マリアンが茫然としながら呟くと、母は首を傾げてみせる。そして、しばらくして思い出したように言った。

「あら、マリアンなの？　見違えちゃったわ。ジェイラスと結婚するそうね。うまく金持ちの男をたらしこんだじゃない。さすがは私の娘だわ」

そう言いながら、母はふらふらと壁にぶつかりそうになる。

マリアンは慌ててロサリアに手を差し伸べる。

「ねえ、マリアン。お金を貸して？　お祖父様のいないうちを見計らってきたのに、ジェイラスったら、はした金しか用意してくれなかったのよ。有り余るほど持ってるくせに、ケチなの。……私、薬を買うのよ。買わないと生きていけないの」

母はどこか病気なのだろうか。マリアンは心配になってじっと母を見つめた。

どこかうつろな表情と、アルコールに依存しているせいで、震えた手。肝臓が悪いらしく顔が少し土気色をしてしまっている。

「私は……、お金を持ってないから……」

肩を貸すと母の口からは、つい顔を顰《しか》めてしまうほど、アルコールの匂いがした。

ジェイラスがお金を貸さなかったのも、お酒に使うことが目に見えていたからだろう。

「使えない子ね。ジェイラスからもらいなさいよ。あなたが言ったら、たっぷり用意してくれるわよ」

マリアンは、ジェイラスと結婚するつもりはなかった。こんな風にお金を無心する母の姿を見てしまったら、余計に結婚などできない。

もしもマリアンが、ここに嫁いできたとしたら、母は頻繁にグリムレット家にお金を欲してやってくるだろうことは目に見えている。

「……そんなことできない。お母様は、もうここに来ないで」

「どうしてよ。ここは私の実家よ。家督を継いでいたのは、私だったかもしれないのに。

自分の正当な権利を要求してなにが悪いの」

　母がグリムレット家を継いだとしても、家財を食いつぶして事業を傾けさせてしまっただけだろう。ジェイラスは生来の才能を持って、発展させ続けている。

　勘当されたロサリアに金銭を要求する権利などない。だが、そんな人でも、マリアンにとっては血の繫がった母だ。放っておくことはできない。

「送るわ。私が働いて、お母様の住んでいるところまでお金を届けるから、もうここには来ないで、絶対よ」

「あら。離れていてもやっぱり私の娘ね。たっぷり稼いでちょうだい。うふふ」

　マリアンは泣きそうになりながら、ロサリアを彼女の住むアパートメントまで送って行った。その帰り、御者には買い物をするからと誤魔化して、マリアンはひとり街へと向かった。その足で、仕事を斡旋《あっせん》してくれる仲介所を探したのだが、働ける場所はなかなか見つからない。

　どこも給料は後払いのため、先立つものを持たないマリアンは、住み込みで食事が出るところを望んでいた。しかし、貴族や商人の邸でメイドをする仕事はないのかと尋ねれば、身元を保証してくれる紹介状がなければ難しいということだった。そのうえ、マリアンのように若く美しい娘がメイドになったら、主人に孕まされた挙句に、追い出されるのがオチだと忠告されてしまう。

職種を問わず、受け入れてくれそうなところをひとつひとつ探したが、やはり身元の知れない女の働ける場所は見つからなかった。

切実な様子のマリアンに、仲介所の職員が見かねて声をかけてくれる。

話を聞くと、今は人員を募集していないものの、海辺にある紡績工場ならば、寮や食堂があり紹介状がなくても働けるという。マリアンは一縷《いちる》の望みをかけて、雇ってもらえないか直接聞きに行くことにした。

仲介所でかなりの時間が経ってしまったらしく、海辺に向かう頃には陽が沈みかけていて、空がオレンジ色に染まっていた。

足が棒になってしまったかのように重い。履きなれない靴も、擦れて踵がひどく傷む。

紡績工場で雇ってもらえなければ、どこに行けばいいだろうか。先ほどの淫らな行為を思い出すと、グリムレット家の邸に戻ることは躊躇われた。もちろん結婚を前にしたブレンダンのもとにも戻れない。

マリアンが深く溜息を吐いたとき、ふとブレンダンがオフィスから出て馬車に乗ろうとしている姿が見えた。遠目に見ても、颯爽《さっそう》としていて男らしく優雅な姿だ。彼がふとこちらの方に振り返ろうとするのが解って、マリアンは慌てて路地裏に隠れてしまう。

結婚を前にしたブレンダンに、本来ならお祝いを言わなければならない立場だ。それに十三年も居候させてもらったお礼を言うべきであることも解っている。

だが、約束を破ってしまった疾しさと、締めつけられるような胸の痛みを感じて、今はブレンダンにどうしても会いたくなかった。

そろそろ馬車に乗り込み終わった頃かと考えて、そっと街路を覗いてみる。すると驚くべきことに、ブレンダンがこちらに向かって走ってくる姿が見えた。彼が走っている姿など、生まれて初めて見る光景だ。

「え⁉　え⁉」

偶然だろうか。しかし、もしも遠目に見つかってしまったとしたら、このままでは顔を合わせなければならない。

マリアンは慌てて踵《きびす》を返し、闇雲に路地裏を駆けてブレンダンを撒《ま》くと、なんとか紡績工場へと辿り着いた。すでに疲弊しきっていた身体と足で無理をしたため、もはやマリアンはフラフラだった。

かなり大回りをして時間を食ってしまったのだが、工場はまだ稼働している様子だ。

「……あの……」

入り口の警備員へと声をかけて、就職を希望している旨を伝えると、いつも面接を担当しているという上司の許へと案内してもらえることになった。

通されたのは、工場というイメージとは到底相容《あいい》れないほど、きちっと整頓された事務所だ。

「まさかあんたが、ここで働くつもりなのか?」

いかにも貴族の令嬢が身に纏うようなドレスを着ているマリアンを、工場の男が訝しげに見つめてくる。話を聞けば、彼はここを任されている工場長なのだという。

今は受注が多い時期のため、工場は三交代で休みなく稼働し続けているらしい。だからこそ遅い時間まで、人がいたらしい。

「一生懸命働きますので宜しくお願いします」

マリアンは深く頭を下げた。ここに断られてしまったら、もう行き先はない。

「雇うのは簡単だけど、うちはけっこう厳しいんだ。あんたみたいな世間知らずそうなお嬢さんが続くとは思えないけどね」

「頑張りますから!」

必死な形相に、工場長はどうにか折れてくれて、マリアンは紡績工場での職と、寮を確保することができた。

「よかった……」

今日から入寮することができて、作業服も指定のものが貸与されるらしい。願ったりかなったりの職場に安堵していると工場長が、履歴書のようなものを差し出してくる。

「これに名前と……、家出なら住所はいいから、特技でも書いておいてくれ」

マリアン・レイン。十六歳。得意は食器磨き。趣味は音楽鑑賞と読書。そう書いた時点で工場長が真っ青になる。

「……マリアン・レイン……？　その銀髪に、紫の瞳……、もしや、ブレンダン様の養い子じゃ……」

ガタガタと震えながら工場長が尋ねてくる。マリアンは、俯いたまま返事をすることができなかった。

「ここがどこだか解ってらっしゃらないんですか⁉　レイン家の子会社のひとつなんです。あの方の機嫌を損ねたら、私なんて明日にも解雇されてしまいます」

工場長はいきなり敬語で話し出す。

「お父様には内緒に……」

「できるわけないでしょう。お迎えを呼びますから、じっとしていてください」

工場長はブレンダンに、マリアンのことを話すつもりでいるらしかった。ブレンダンは寡黙なうえに冷酷だと言われているが、本当はとても心優しい人だ。このままではマリアンのことを憐《あわ》れに思って、邸に連れ戻そうとするかもしれない。

工場長は人を呼ぶために部屋を出て行った。このままでは、結婚を前にしているブレンダンに迷惑がかかってしまう。それに、新婚家庭の邪魔などしたくなかった。

マリアンは履歴書の隅に、『迷惑をかけてごめんなさい。他を当たります』と走り書いて、工場の外へと駆けて行った。

せっかく職と住む場所を見つけられたと思ったのに、振り出しに戻ってしまった。

マリアンでも働けて、しかも住み込める仕事など、他になにがあるだろうか。

街はハロウィンのディスプレイで溢れかえっている。いつもなら心の浮き立つ光景なのに、今日は泣きたくなってしまう。

トボトボと街路を歩いていると、遠くからマリアンの名を呼ぶ声が聞こえた気がして、周りを窺う。気のせいなのだろうか。

そう思ってふたたび歩き出そうとしたとき、強い力で肩が摑まれる。

「待ってくれ」

振り返ると、そこには以前にも会ったことのある青年が息を切らして立っていた。反対側の離れた路肩に豪奢な馬車が停まっている。どうやら馬車のなかから、マリアンを見つけて、ここまで走って来たらしい。

青年の名はロイド・ブライス。先日風見鶏亭で、ブレンダンたちに声をかけてきた首相の息子だ。年は十七歳で、茶色いストレートの髪に黒い瞳をした好青年だ。

彼は顔を上げると、マリアンに対して、縋るような眼差しを向けてくる。

「どうか、……父を助けてくれないか」

「あなたのお父様を……？」

近くのカフェにある奥の部屋を借りて、話を聞いてみると、彼の父である首相ブライスが退陣の憂き目に遭っているのだという。原因はブレンダンとジェイラスだ。

彼らはレストランの一件があった翌日には、首相を失脚させるための様々な策を施したのだという。

「父に悪気はなかったんだ。……ただ俺が、君に好意を持ったことを知っただけで……」

マリアンを見つめて、微かに頬を染めたロイドだったが、すぐに悲しげに俯いてしまう。

「俺のせいで、父になにかあったら……死んだ母にも顔向けができない。不快にさせて悪かった。心から謝る。どうかお願いだ。父を助けてくれないか」

切実な声で訴えてくるロイドに、マリアンは頷いた。

「私にできることなら……」

食事の席を邪魔されたからといって、そこまでやるなんてやり過ぎだ。

もしかして、あの一件以外に、政治的な意図が絡んでいるかもしれないので、マリアンの話を聞いてくれるかは解らない。だが、お願いはしてみると答える。

「ありがとう。この恩は一生かけても必ず返すから」

ロイドはカフェのお茶代を支払ってくれると、なんどか心配げにこちらを振り返って帰って行った。もしも、首相の失脚が、マリアンに関する理由だけだとすれば、ちゃんと話をしてやめさせなければならない。

しかし、今夜はふたりに会うわけにはいかなかった。

帰り際に、ふと従業員を募集している貼り紙を見かけて、マリアンは仕事をさせてもらえないかと、給仕に尋ねた。

「……も、申し訳ございません。先ほどのお話が聞こえてしまいまして……、マリアン・レイン様でいらっしゃるのでしたら、どうか、それだけはお許しください。うちのような小さな店では、あなたになにかあっては責任が取れません」

どうやらレイン家の人間だというだけで、仕事もままならないらしかった。

仕方なく諦めてカフェを出ると、すっかり夜になってしまっていて、空には月が浮かんでいた。季節は冬を迎えようとしている。薄地のモスリンのドレスでは、まったく防寒にはならない。一晩中外で過ごせば、まだ凍死はしなくとも風邪を引いてしまうに違いなかった。

「どうしたらいいの……」

ジェイラスの邸に戻って、あと一日だけ泊めてもらおうかと考える。しかし、夜になったらまた淫らな行為を続けると言っていた。これ以上、抱かれていては、マリアンはジェイラスの花嫁に相応《ふさわ》しくない娘だというのに、彼から離れられなくなってしまう。

もうしばらくは、ブレンダンとジェイラスと暮らせるのではないかと勝手に信じていたのだが、まさかとつぜん幸せが脆く崩れてしまうとは思ってもみなかった。

顔を俯かせていると、涙が零れ落ちそうになる。

こんな風に淋しくて堪らないとき、ブレンダンは無言で抱きしめながら背中を軽く叩いて、ジェイラスは温かな手を頬に添えて額に口づけてくれていた。

ふたりの優しい腕のなかには、二度ともどることはできない。そう思うと、いっそ海にでも身を投げたくなってくる。

あてもなくフラフラと歩いていると、門に淫靡な紫色の外灯がかけられた邸に辿り着く。

「ここは……?」

外からじっと眺めていると、黒塗りの箱馬車がやってくる。

マリアンは邪魔にならないように門から離れようとした。すると車窓から、ひとりの紳士が顔を出して、物珍しげな視線をマリアンに向けてくる。しばらくすると、彼は馬車からマリアンのいる場所に降り立った。

「新入りの子かな。かわいいね」

赤髪をきっちりと纏めたとても見目麗しい紳士だ。ブレンダンやジェイラスほどではなくとも、きっと女性に人気が高いことが予測できた。

「……今夜は、あなたがいい。私を愉しませてくれるかい」

なにを言われているのか、さっぱりわからなかった。マリアンはきょとんと首を傾げてしまう。

「おやおや。振られてしまったな。私じゃ不服かな」

いきなり腕を摑まれて、マリアンは真っ青になってしまう。お願いだから今すぐ放して欲しかった。ブレンダンとジェイラス以外の男性に関わる機会がほとんどなかったので気づかなかったのだが、他人に触れられることが、これほどまでに恐ろしく不安なものだとは、思ってもみなかった。

「いやっ！」

男性の手を振り払おうとしたときだった。閉ざされていた門がギイッと音を立てて開いていく。

「どうなさったんですか、こんなところで。うちの子たちがみんな待っていますよ」

邸の女主人らしき女性が、門の向こうから姿を現した。波打つダークブロンドに、深い海の色の瞳をした美しい女性だ。彼女はシルクタフタの美しい紫のドレスを身に纏い、漆黒のショールを羽織った姿をしていた。豊満な胸とくびれたウエスト。そして蠱惑的な微笑み。男性ならば誰もが夢中になるような魅力に溢れている。

「うん。新入りの子がいるみたいだから、声をかけていたんだ。よかったら今夜、私につけてくれるかい」

紳士が女主人に尋ねると、ちらりと一瞥を向けられる。

「残念だわ。その子はうちの子じゃありません」

「じゃあ、ここで働きたくてやってきたのかな。話を聞いてみてくれないか。初めての客に立候補したい」

仕事をさせてもらえるのだろうか？　マリアンは首を傾げた。そうして、なにをする場所かも解らないままに、邸のなかに招き入れられることになった。

女主人は金彩のある優美な薔薇のティーカップに、ハーブティーを淹れて差し出してくれる。ひとくち啜ってみると、ラベンダーのとてもいい香りがして、不安な気持ちが少しだけ落ち着いた気がした。

先ほど出会った紳士は、奥の部屋で女の子たちと談笑しているらしい。

「処女……ではなさそうね。男を知ったばかりってとこかしら」

いきなり言い当てられ、マリアンはお茶を吹きだしそうになってしまう。

「……ど、ど、どうしてそんなことが……」

「わかるわよ。私を誰だと思っているの、ローズ・サロンのオーナー、ルイーズよ」

どうやらこの邸は、ローズ・サロンという場所らしい。

「あなた、ここで働きたいの？　どういった場所か解ってる？」

話を聞いてみれば、ここはマリアンが幼い頃に売られそうになった、娼館という場所らしい。つまり先ほどの紳士は、マリアンを夜の相手に指名しようとしていたのだ。

「わ、私……ここで……」

娼館ならば衣食住には困らない。それに仕事を与えてくれそうだ。

この街にはブレンダンとジェイラスの息がかかっていない仕事などないに等しい。もはやマリアンには、ここしか行き場がないように思えた。

「少し腕を掴まれて真っ青になっていたのに、あなたに男性の相手なんて無理に決まっているでしょう。あの方みたいに分別のある人は少ないぐらいなのよ。どんなことを求められても、応える自信はあるの？　中途半端な気持ちの人はおけない。そうじゃないと、長年積み上げてきた店の評判が落ちるから。他の女の子たちにまで迷惑がかかると解っていて、受け入れるわけにはいかないわ」

メアリーは我儘《わがまま》な子供に言って聞かせるような口調で告げてくる。

「でも……、私、きっと本当は、いやらしいことをされるのが好きなんです。そうじゃないと、あんなに恥ずかしい声なんて……」

マリアンが小刻みに震えながら訴えると、ルイーズは愉しげに人差し指を自分の唇に押し当てる。

「初めて誰かに抱かれたときに、気持ちよくて声が出てしまったと言うことかしら。愛する相手となら、恥じることではないわ」

しかしマリアンは、誰かではなく家族である義父と義兄というふたりの男性に抱かれて、乱れてしまったのだ。普通などではない。穢れきっている。

きっとマリアンは、酒や男に溺れきって、自堕落な生活を送っている母の血を色濃く引いているのだ。自分の身体の罪深さに、息の根をとめてしまいたくなってしまう。

「……でも……私は……、いけない子だから……」

ついにしゃくり上げ始めてしまったとき、ルイーズが背後の扉の方へと顔を向ける。

「ご本人はこうおっしゃっているけれど、どうなのかしら」

ルイーズが顔を向けた方に視線を送ると、思いがけない人たちの姿を見つけた。マリアンは目を瞠ったまま硬直してしまう。

「よりによって、娼館で働こうとするとは」

怒りに満ちた声で、吐き捨てるように言ったのは、ブレンダンだ。

「お金が欲しいなら、僕がいくらでもあげるのに」

続けてジェイラスが微笑みかけてくる。しかし、そのエメラルドの瞳は笑ってはいない。

「……お父様、お兄様……」

どうしてふたりがここにいるのだろうか？

狼狽するマリアンに、ルイーズが少女のような無邪気な笑みを向けてきた。

「迷子を見つけたら、保護者に連絡するのは道理でしょう」

マリアンは名前すら名乗っていないのに、彼女はどうしてレイン家の居候だと解ったのだろうか。狼狽していると、マリアンの心情を読み取ったかのように、ルイーズが続けた。

「……ローズ・サロンの女主人に知らないことなんてないのよ。とくにプラチナの髪にアメシスト色の瞳をしたレイン家の深窓の令嬢には、ずっと興味津々だったから」

どうやらルイーズは、マリアンを見かけたときから、どこの誰だということを見抜いてブレンダンとジェイラスに連絡を取っていたらしい。

「……私に、興味……？」

マリアンは、物珍しい特技などもっていない。どうしてルイーズは、マリアンに興味をもったのだろうか。

「ヴィオレート国でもっとも女性が結婚したいと願っている大富豪兄弟の愛をひとり占めしているってことを自覚してないのかしら」

「ごめんなさい。……わ、私がふたりの生活の邪魔をしたせいで……」

やはり自分がいたから、ブレンダンもジェイラスも結婚できなかったらしい。

泣きそうになりながら俯いていると、ルイーズは自分の頬に手をあてて、マリアンを見つめてくる。

「あらあら。思っていた以上にかわいらしい性格。ライオンや虎が借りてきた猫みたいになってしまうのも無理はないわね」

ライオンや虎……とはなんのことなのだろか。マリアンは意味が解らず首を傾げる。

「それにしても、義理とはいえ幼い頃から育てていた子に手を出すなんて、意外とブレンダン様とジェイラス様は獣《けだもの》なのね」

意味ありげに微笑むルイーズを、ふたりは睨み返す。ルイーズは、性交の有無だけではなく、身体を繋げた男女すら見抜いてしまうほど聡いらしい。マリアンはひとりあわあわとしてしまっていた。

「私はマリアンを娘だと思ったことなど一度もない」

義父の返答に、マリアンは呆然とする。あんなにも優しかったブレンダンに、家族だと思われていなかったなんて、信じたくなかった。

「僕だってマリアンに初めて出会ったときから、お嫁さんになる子だとしか思ってない。獣だなんて心外だよ」

ジェイラスは不満そうに肩をすくめる。

つまりは、義兄ジェイラスも、マリアンを妹だとは思っていなかったことになる。

大切な思い出が、すべて偽りに思えてきて、マリアンは頭のなかが真っ白になってしまっていた。

第五章　獣の檻に囚われた花嫁

マリアンは、ブレンダンとジェイラスに娼館から引きずり出されるようにして、馬車に乗せられた。連れて行かれたのは波止場だった。そこには圧倒されるほど大きな豪華客船が着岸している。

船のタラップの前には、ブレンダンのオフィスの受付の女性のひとりが立っていて、書類の束を差し出してくる。彼女は先日、風見鶏亭に食事に行こうとしていた日に、マリアンに素っ気なくしてきた人だ。

「ああ、手間をかけさせたな。しばらく戻らんが、重役たちは適当にあしらうように秘書に言っておけ」

「こちらのことは気にせず、マリアン様も、船旅を楽しんできてくださいね」

しかし、今日はマリアンに対して、いつも通り優しく微笑みかけてくる。先日は怒っていたのではなく、機嫌が悪かったのだろうか。

マリアンは不思議に思って首を傾げた。タラップをのぼる途中に、ジェイラスが声をかけてくる。

「どうかしたの？　あの女になにかされた？」

釈然としないでいるマリアンの様子に、どうやら彼は気づいたらしかった。

「……そうじゃなくて、……この間はなんだか冷たかった気がしたのに、今日はいつも通りだから……」

風見鶏亭に皆で出かけた日のことをジェイラスに話すと、彼は皮肉気に笑ってみせた。

「簡単だよ。兄さんのオフィスの女性はみんな牽制し合っているからね。マリアンの化粧した姿を初めて見たものだから、新しい女だと誤解されて疎ましがられたんだ」

少し化粧をしただけで、別人と間違われるなんて信じられなかった。顔の造形が変わったわけでもない。それにマリアンの髪の色も瞳の色も、珍しいものだというのに。だからこそ、ローズ・サロンの女主人はマリアンがレイン家の居候だと一見して気づいたのだ。

「嫉妬に目が眩むと、誰しもが判断力を鈍らせてしまうってこと」

ジェイラスは皮肉気に続ける。

「そういうもの？」

マリアンは釈然としない。

「普段は冷静な兄さんだとしても例外じゃない。嫉妬は人を狂わせるんだ」

ブレンダンは無言のままその話を聞いていたらしく、タラップをのぼりきるなり、波止場でこちらを見上げている受付の女性を睨みつける。

「君の気に障るような愚行を行う無能な人間は必要ない。帰ったら処分しよう」

今にも、彼女を解雇してしまいそうな恐ろしい形相だった。

「ほらね。言った通りだ」

ジェイラスは、こんな事態だというのに、楽しげに肩をすくめた。

「やめて、お父様。こんなことで、簡単に人を解雇しないで」

マリアンは慌てて受付にいた女性を庇う。なんとなくそう感じただけで、失礼なことをされたわけでも問題が起きたわけでもない。それなのにひどすぎる。

「君は傷ついたのだろう。ならばこれぐらい当然だ」

「傷ついてなんてないからっ」

必死に食い下がると、ブレンダンが探るような眼差しをむけてくる。

「本当か」

「ええ。大丈夫だから、解雇なんてしないで」

「……君は優しいから、あの女を庇っているのではないか」

「庇ってない。本当よ」

ブレンダンの視線の強さに堪えきれず、顔を逸らす。すると船の豪奢なロビーが目に入った。国立歌劇場を彷彿とさせる大理石の階段と、クリスタルのシャンデリア。アンサンブルが奏でる甘い旋律。ふかふかの絨毯《じゅうたん》。なにもかもが洗練されていて、優美かつ華やかなロビーだ。それなのに、なにかがおかしい。

お仕着せの制服を着たスタッフたちが出迎えてくれたとき、ようやくマリアンは違和感の正体に気づいた。自分たち以外に、乗船している客が見当たらないのだ。船から岸壁を見おろしてみるとタラップが取り外されようとしていた。

「他の……お客は……？」

いったいどういうことなのだろうか。しかしマリアンの問いに答えようとせず、ブレンダンはさりげなくマリアンの腰に手を回すことで、先を急がせる。

「行くぞ」

スタッフに案内され、ふたりに囲まれるようにして、マリアンは最上階の部屋へと向かうことになった。

真っ白い扉を開くと、ホワイトのパネルに金箔や金粉で飾りを施した天井、金のシャンデリア、新緑色に金糸でアラベスク模様が施されたソファーなどが置かれた豪奢な部屋に辿り着く。そして大きな鏡の前には、純白のウェディング・ドレスが飾られていた。

真っ白い薔薇のブーケと繻子《しゅす》のヴェールが添えられたドレスは、溜息が出るほど美しかった。ドレスがあるということは、ここは花嫁の控室なのだろうか。

戸惑いながら、ドレスをじっと眺めていると、ブレンダンが説明してくれる。

「この船は、結婚式のために、特別に造らせたものだ」

この部屋からデッキや紺碧の海が見えるらしい。開け放たれた窓の方を眺めると、まるで海辺のリゾートホテルにでもやってきたかのような光景が一面に広がっていた。

「レイン家とグリムレット家の共同開発で造船した、ハネムーンと結婚式を一度に行える船だよ。ベッドはもちろんスペシャルなサイズ。見てみる？」

どうやら他に乗船客がいないのもそのためだったらしい。このような豪華客船を結婚式のためだけに造り上げるなんて、彼らでなければできないことだ。改めて、大富豪である義父や義兄の凄さを実感してしまう。そして、ひどく彼らが遠く感じた。

「あの……お父様……」

結婚が決まった義父に、祝福の言葉をかけなければならないのに、マリアンは俯いたまま顔があげられない。それどころか、淋しくて胸が切り裂かれそうだった。

毎晩一緒に眠ってくれていたブレンダンが、自分ではない他の女性をベッドにいれるなんて、想像もしたくなかった。結婚話がもしも、ジェイラスのものだったとしても、マリアンは同じように落ち込んでしまっただろう。

それほど、ふたりはマリアンにとってかけがえのない人たちだった。

「夜に話があると言っておいたはずだろう。どうして勝手に邸を出たんだ」

マリアンは、ブレンダンの問いに答えられない。ジェイラスに眠らされて知らないうちに運ばれてしまったのだ。マリアンの意思で邸を出たわけではない。そのことを伝えたかったが、声を出せば嗚咽が漏れそうだった。

お願いだから、誰かを花嫁にする姿を、マリアンに見せないで欲しかった。

「そんなの兄さんの結婚が嫌だからに決まってるじゃないか」

ジェイラスが代わりに答えると、ブレンダンは驚愕した様子で黙り込んでしまう。

「……ご、ごめんなさい……」

マリアンは消え入りそうな声で謝罪した。するとブレンダンが、険しい表情で見つめてくる。

「私のなにが不服だ」

「年上過ぎるんじゃない？　せめて僕ぐらいの年齢じゃないと」

ふたりが一体、なんの話をしているのか解らず、マリアンは首を傾げる。

「お父様、お兄様。年上過ぎるとか、不服とか……いったいなんのこと？」

マリアンが首を傾げると、ブレンダンがジェイラスを睨みつける。

「ジェイラス。……私を謀ったな」

「あと少しだったのに、残念だな。……いいよ。兄さんに説明してあげる。マリアンは大切な父親を、他の女性にとられるのが嫌だったたって話だよ」

仕方なさそうに肩をすくめながらジェイラスが答える。すると、ブレンダンは、マリアンの腰を強く抱いてきた。

「ジェイラスのせいで誤解が生じたらしいな。私が妻に娶るのは君だ。マリアン」

とつぜんの宣言に、マリアンは啞然とするしかない。

「……わ、私……!?」

どうしてそんな話になったのだろうか。ブレンダンは国一番の大富豪で、公爵の地位を持つ精悍な面差しの紳士だ。彼が眼差しを向けただけで、どんな美女でも一瞬にして彼の虜《とりこ》になってしまうとメイドたちから話を聞いている。

その彼がどうして、社交界デビューもしていないうえに子供っぽいマリアンと結婚しようとしているのだろうか。

「お父様がこの間、オフィスで一緒にいた女性は?」

マリアンが尋ねると、ブレンダンは気まずそうに咳払いする。

「そうそう、親密そうに身体を引っつけていたよね。大人の関係ってやつかな。兄さんってばいやらしいな」

ジェイラスはからかうようにブレンダンを囃《はや》し立てた。

「あの女とは昔割り切った関係だっただけだ。愛したことなどない」

ブレンダンは仕方なさそうな表情で、ため息交じりに答える。

「……割り切った関係？」

愛し合ってもいないのに、身体を繋げていたということなのだろうか。なんだか胸の奥がもやもやしてしまって、とても嫌な気持ちだった。

「そうだよね。毎晩世界一かわいいお姫様が甘い香りを撒き散らしながら、無邪気な顔して隣で眠ってるんだ。よそで発散しないと、襲いかかってしまうよね」

ジェイラスの言葉が真実なら、ブレンダンは以前からマリアンを女性として見ていたらしい。一年ほど前から三人で一緒に眠ることに対して、ブレンダンが難色を示すようになったのも、そのせいだったのかもしれない。なにも知らずに眠っている自分に、ブレンダンが欲情していたことに驚いてしまう。

「……人のことを言えるのか？　ジェイラス」

ブレンダンは、忌々しげにジェイラスを睨みつける。

「僕は、マリアンに疾しいことなんかしてないよ。……証拠なんてないしね」

ジェイラスは否定しなかった。つまりは、彼もマリアンに対して、淫らな欲求を抱きながら、毎晩一緒のベッドに入っていたということだ。

マリアンは恥ずかしくて、目を泳がせてしまう。

ブレンダンは深い溜息を吐くと、マリアンに向きなおった。

「……ジェイラスの言う通りだ。君に無理強いしそうになるのを抑えるために、なんどか他の女と寝たのは確かだ。……だが、最近はそういったことすらしていない」

いつもは鋭い光を宿しているブレンダンのサファイア色の瞳が、マリアンをじっと見下ろしてくる。悲しげに瞳を曇らす彼の表情など初めて見た気がする。

「初めは、どうしようもない母を持った君に同情して、引き取ることを決めただけだった。……しかし、どんな女よりも純粋で愛らしい君が、年を重ねるごとに美しく成長する姿を見ているうちに、年甲斐もなく欲が出てしまった。マリアン。愛している……他の男に渡したくない。どうか私の妻になってくれ」

ふいに抱きしめられ、マリアンは目を瞠る。遅れて現状に気づいた。

あの生真面目で寡黙な義父が、饒舌になってマリアンを口説いているなんて信じられない。しかし伝わってくる温もりが、これは現実なのだと思い知らせる。

「……わ、私を……、お父様が……好き?」

「そうだ。愛している」

真摯な声で愛を告げられ、マリアンはカァッと頬を赤く染めてしまう。

「でも、私のことは買ったから好きにするって……」

たしか書斎でジェイラスにそう宣言していたはずだ。

「君がジェイラスに想いを寄せているのではないかと不安だったからだ。どうにかして私の許に引き留めようと必死だった。……金で束縛しようとしたことは謝る。すまない。マリアン」

都合のいい夢を見ているのではないかと思った。

あの融通の利かないほど清廉なブレンダンが、娘のように接していたマリアンを、いつしか愛してくれていたなんて、思ってもみなかった。

「お父様……」

回された腕の温もりに呆けていると、後ろからジェイラスがマリアンの身体に腕を回してくる。マリアンは義父と義兄に挟まれ、身動きがとれない。

「そこで、ふたりに引っつかれると困るんだけどな。僕だって愛してるんだ。たとえ兄さんでも、譲れない。マリアンがいない人生なんて考えられない。お願いだから、兄さんじゃなくて僕を選んでくれない？」

いつもの穏やかなジェイラスとは思えないほど、甘く切ない声音だ。

義父と義兄からのとつぜんの告白に、マリアンは激しく狼狽してしまう。

「マリアン。僕と兄さん、どっちと結婚したい？」

「あ、あの……私、……お父様とお兄様を比べるなんて……」

マリアンはふたりのことを家族として、大切に考えていた。そのうえ今まで恋もしたことのない身だ。

いきなりブレンダンとジェイラスのどちらかを、結婚相手として選べと言われても返答できなかった。するとブレンダンが、マリアンの額にそっと口づけてくる。

「君の処女は私がもらった、考えるまでもないだろう」

すかさずジェイラスが言い返す。

「僕だって兄さんにレイプされて身も心も傷ついたマリアンを、たっぷり癒してあげたつもりだよ」

ブレンダンは、ジェイラスの返答に息を呑んだ。マリアンがグリムレット家に来ている間に、なにをされたのかを、すぐに理解したらしい。

「お前！　マリアンに手を出したのか」

激昂するブレンダンを、ジェイラスが嘲るような声で返す。

「……マリアンの合意もなく処女を奪った兄さんに、文句を言われる筋合いはないよ。最初に無理強いしたのはそっちだよね」

間に挟まれたマリアンは、真っ赤になって俯くしかない。

自分はなんて淫らな女なのだろうか。

ブレンダンに抱かれて、初めてなのに感じてしまった。さらには、ジェイラスと触れ合ってはいけないと、固く約束させられていたのに、抵抗することができなかった。

マリアンを挟んで、罵り合っていたブレンダンとジェイラスだったが、ふいにこちらに話を振ってくる。

「兄さんより、僕に抱かれた方が気持ちよかったよね。顔を見れば解るよ」

「破瓜の痛みで解らなかったかもしれないが、私はジェイラスよりも、感じさせてやれる。安心して結婚を了承するといい」

お願いだから淫らな行為のことは、もう話さないで欲しかった。マリアンは恥ずかしくて、涙が零れそうになってくる。

俯いたまま真っ赤になって、ふるふると震えていると、ブレンダンが腰に回した手に力を込めてきた。

「どちらだ。私とジェイラス、どちらを選ぶ」

すると後ろから回されたジェイラスの腕に、反対に引っ張られてしまう。

「遠慮せずに僕を選んでくれていいんだ。兄さんなら、ひとりでも楽しく生きていけるよ」

ブレンダンの手を取れば、ジェイラスがいなくなる。反対にジェイラスの手を取れば、ブレンダンがいなくなる。それが解っていて選べるわけがない
「私、……お父様もお兄様も同じぐらい大切で……」

以前のように、家族として仲よく暮らすことはできないのだろうか。どちらの手もなくしたくなくて、思わずそう答えてしまう。

「だめだ。よく考えて決めるんだ」

しかし、そんな身勝手な願いが通用するはずがなかった。

「どちらが気持ちよかった？　好きな相手に抱かれる方が、感じられたはずだよ」

マリアンは、きっと男性に依存している母に瓜《うり》二つなのだ。だから、ブレンダンに抱かれてもジェイラスに抱かれても、胸が激しく鼓動して、淫らに感じてしまったに違いない。

そう思うと泣きたくなってしまう。

「……選べない……」

選べないというよりは、心から選びたくなかった。

「ならば私だな。破瓜の痛みを押しても同じなら、初めてでなければ、ジェイラスよりも悦《よ》くなるはずだ」

勝ち誇ったようにブレンダンが言ってのける。

「襲われたショックで、覚えてないだけじゃないの」

皮肉気にジェイラスが言い返した。すると、ブレンダンがムッとした様子で、マリアンの身に纏っているモスリンのドレスに手をかけてきた。

「思い出させてやる」

「……だ、だめ……っ」

ブレンダンやジェイラスに抱かれた記憶が思い出される。身体を這う手や、舌のぬるついた感触を思い出すだけで、身震いが走った。

「わ、私……いやらしいことは……、もう……」

もうおかしくなりたくない。淫らな嬌声をあげて、身体をくねらすなんてしたくない。懸命に首を横に振って、拒絶しようとした。ブレンダンは冷ややかな眼差しをマリアンに向けてくる。

「不特定多数の男に身を任せる娼館で働こうとしていたのに、私に抱かれるのは嫌なのか」

街で彷徨《さまよ》っていたとき、マリアンは偶然辿り着いた娼館で働くことを考えた。しかし、無理だとすぐに解ったのだ。

「お父様とお兄様に抱かれて、……いけないことなのに、あんなに感じてしまって。……私、きっと、いやらしいことが好きなのかもしれないと思ったの。……でも他の男の人に、腕を掴まれただけで……、怖くて……。どうしても触れられたくなくて……」

瞳を潤ませながら、ポツリポツリと自分の気持ちを語っていると、ふいに部屋の空気が下がった気がした。

目の前のブレンダンは、今にも殺戮《さつりく》を犯しそうなほど、剣呑な双眸でマリアンを見下ろしている。ゾッと血の気が引いたまま声がでない。すると、後ろからジェイラスが、耳元に囁いてくる。

「今、どこを掴まれたって言った？　教えてくれないかな。マリアン」

優しい声だ。それなのに、ひどく狂気じみているように感じる。

「……う、……腕を……」

「どっちの？」

「右……」

震えながら答えると、マリアンの右腕にジェイラスが唇を這わしてきた。

「んんっ、お父様……、お兄様……なにを……。あっ……んん」

ブレンダンも無言のままマリアンの手を摑み、指先や腕に唇を押し当ててくる。そうして、ふたりがやっと気が済んだ頃、ようやく放してもらえた。

ふたりがかりで腕を舐めたり吸われたりを執拗に繰り返され、終わる頃にはマリアンはぐったりしてしまっていた。

「怖かったね。もう大丈夫だから」

ローズ・サロンの前で見知らぬ紳士に腕を摑まれたことよりも、目の前のブレンダンとジェイラスが怖いとは言い返せない雰囲気だ。

「娼館にいた男はアスター子爵だったな。私のマリアンに触れた罪を償わせよう。……爵位を剝ぎ取って、地にひれ伏させてやる」

腕を摑まれただけで、そんなひどいことをするなんて、正気の沙汰ではない。

「私が途方に暮れていたから、あの人は……声をかけてくれただけ。どうか罰するなら、私にして」

子爵を庇うと、ブレンダンはピクリと片眉をあげてみせる。

「お願い」

「それではマリアンが、悪い子だったんだな」

もう一度念を押してから、ブレンダンの胸にしがみつくと、彼は怒りを静めてくれたようだった。

「……ええ……」

腰に回されていた手が、背中に這い上がって、そっと撫でられる。くすぐったさにビクリと身体が跳ねた。

「もう私に心配させるんじゃない」

ふいにブレンダンは顔を近づけ、マリアンの唇を奪う。とつぜんの口づけに、目を丸くしていると、後ろに立つジェイラスに、無理やり顔を横向けさせられた。

「妬《や》けるな。僕もキスしたい」

そして今度は、ジェイラスに唇を塞がれてしまう。

「んっ……お兄様……」

長い舌が口腔に入り込もうとしたとき、頬に手を添えられ、今度はブレンダンに口づけられる。

「……あ、お父様……ん、んぅ……」

するとと今度は、ジェイラスの手が伸びてきて、キスを遮るように唇を塞がれた。なんども目まぐるしく二人から口づけられ、マリアンは戸惑ってしまう。

「君はなにか誤解しているようだが……。愛し合う者が触れ合って気持ちよくなるのは、当然のことだ。君は母親に似ているわけじゃない」

「でも……、私、お父様に抱かれても、……お兄様に抱かれても……」

真っ赤になって言い返すと、ジェイラスがマリアンの眦に口づけてくる。

「それはマリアンが僕たちふたりを、同じぐらい愛しているからだよ。悔しいことだけど。……知らない男に腕を摑まれたときは、嫌だったんだよね？」

確かにその通りだった。ふたりに抱きしめられたり、甘く囁かれたりすると、心臓が壊れそうなほど高鳴ってしまって、どうしていいか解らなくなってしまう。しかし、見知らぬ男性に腕を摑まれたときは、嫌悪感に泣きそうになってしまった。

「うん……」

ジェイラスの言葉に頷く。すると、彼は思いがけない話をしてくる。

「だったら、間違いないよ。……マリアン。自分の気持ちを家族愛だと思っているみたいだけれど、違うよ。傍にいてドキドキしたり、嫉妬で泣きたくなったりするのは、恋愛感情というものなんだ」

家族への愛情で、ドキドキすることなんてない。その言葉に、マリアンは目を瞠った。

「……わ、私……」

恥ずかしくてしょうがなかった。だとすれば、マリアンは幼い頃からずっと、ブレンダンとジェイラスのことを好きだったことになる。

いつだって、気を引きたくてひとり占めしたくて、堪らなかった。だからこそ、大人になっても隣で寝て欲しいとお願いしていたのだ。

真っ赤になって俯いていると、ブレンダンが低く甘い声音で耳元に囁いてくる。

「君は、私に抱かれている間、潤んだ瞳で物欲しげに見つめ、心臓を昂らせていた」

「僕のときだって、そうだよ」

反対側の耳元でジェイラスにも囁かれたとき、顔の熱さに卒倒してしまいそうになる。

恥ずかしくて堪らなかった。

「認めるんだ。自分の気持ちを……」

もう認めるしかなかった。マリアンは、昔からずっとふたりのことを愛していた。

「うん……」

コクリと頷くと、ふたりからチュッと頬に口づけられる。

「いい子だ」

「認めてくれて嬉しいよ」

ブレンダンとジェイラスはマリアンを抱きしめながらも、小さく溜息を吐く。

「実際問題、これじゃ埒があかないし、マリアンが決められないなら、僕たちで優劣を競うしかないか」

ジェイラスの言葉に、ブレンダンは自信たっぷりに笑ってみせる。

「……それなら競うべくもないだろう。マリアンは私のものだ」

「そんなに余裕ぶってると、僕が足をすくうけどいいの?」

睨み合うふたりを、マリアンはおろおろと見比べる。喧嘩をするつもりではないのかと、不安になったからだ。しかし、ジェイラスが名案を思いついたと、提案してくる。

「どちらか相手を選べないなら、僕と兄さんのどちらがマリアンのことをよく解っているかを教えてあげる。今から十五分あげるから、この船の好きなところに隠れていいよ。僕たちのうちで先にマリアンを見つけた方が、夫になる。それで公平じゃないかな」

返答をする機会すら与えられなかった。つまりマリアンには、ブレンダンとジェイラス以外の人間を選択する権利はないらしい。

ローズ・サロンの前で子爵に腕を摑まれた話をしただけで、あの形相だ。もしも、マリアンがふたりではない他の男性と結婚したいなんて言い出せば、ただでは済まないことが容易に想像できる。息子との交際を頼んできた首相ですら引きずりおろそうとしているぐらいだ。きっとどんなことをしてでも、相手を社会的に抹殺するに違いない。

大変な男たちに、求婚されていることに気づき、今さら戦慄する。だが、彼らを好きだと自覚してからは、彼らの独占欲を、心のどこかで喜んでしまっている自分がいた。

「いいだろう。スタッフや船員たちにマリアンの居場所を聞くのはなしだ。それでいいな」

ブレンダンの了承。それが合図だった。マリアンは初めて乗船した豪華客船のどこかに隠れることを余儀なくされた。

＊＊　＊＊　＊＊

マリアンはひとり部屋を出て、どこかに隠れることになったのだが、なぜ十五分も必要なのか理解するまで、さほど時間はかからなかった。

結婚式のためだけに造られた割には、この船は何千人もの人を収容できるほど巨大で部屋数も多く、様々な娯楽施設が備わっている造りになっているらしい。油断していると、大人でも簡単に迷ってしまうほど広い。

船のなかには、エレベーターというものがあった。船の動力で数人が立ったまま乗れる箱を吊るすワイヤーを巻き取ったり伸ばしたりして、階を移動させるものらしい。

レバーの操作は船のスタッフがやってくれるので、問題なく好きな場所へ降りることができた。それにしても、いきなり隠れろと言われても困ってしまう。

「どこに行こう……」

個室の部屋には鍵がかかっているため、行き先は絞られた。それでも図書室、教会、ダンスホール、食堂、撞球室《ビリヤード》、プール、展望室、動力室、操作室、ティールーム、他にも様々な部屋がある。

マリアンはそのなかから、日当たりのいいティールームに向い、テーブルのしたに身を隠した。こんな明るい場所に潜もうとするなんて、誰も考えないだろうと思ったからだ。

潜伏先を探すのにかかった時間はちょうど十五分。そろそろブレンダンとジェイラスが部屋を出る頃合いだ。

こうしていると、幼い頃を思い出す。まだ三歳だったマリアンに対して、子供慣れしていないブレンダンは扱いに困っていた。それを見かねたジェイラスが、少しでも早く慣れるために、かくれんぼをすることを立案したのだ。

数えきれないほど部屋があるレイン家で、誰も見つけてくれなかったらどうしようかと、マリアンは不安になりながら中庭の薔薇の植え込みのなかで膝を抱えていた記憶がある。

結局、マリアンはあのとき——。

小さく身を屈めながら、そのときのことを思い出そうとしていた。だが、ティールームの表と裏から、同時に扉が開く音がして、マリアンは息を呑む。ふたりのうちどちらかがやってきたのだろうか？　それともスタッフがたまたま通りかかったのだろうか。

キュッと膝を抱える手の力を強める。次第に心臓が早鐘を打って、うるさいぐらいだ。

そうしてついに、人影がさしかかる。

「見つけた」

「やはりここか」

迷いもなくテーブルのしたを覗き込まれて、マリアンは目を瞠ってしまう。ブレンダンとジェイラスは同時にマリアンを見つけ出してしまったのだ。

「どうして、ここだと解ったの？」

身を隠す場所は、つい先ほど決めたばかりだ。他に迷っていた場所もあったのに。

「マリアンの好きそうな場所を考えて、ここに来た」

「僕もだよ。それでマリアンが選びそうな席を選んでテーブルのしたを覗いただけ」

彼らの言葉に、三歳の頃の記憶が蘇ってくる。確かあのときにも、ふたりは同時にマリアンを見つけ出してくれたのだ。

華麗に居場所を推理してみせたふたりに、マリアンは「すごいすごい」と大はしゃぎした覚えがあった。その気持ちは今も変わらない。

自分のことを深く知っていてくれることが、ひどく嬉しい。だが、喜びに胸が温かくなっているマリアンに、冷水をかけるような一言が浴びせられた。

「でもこれじゃ、勝負にならないね。マリアンもう一度隠れてくれる？」

「……うん」

昔のようにはいかない。なぜなら、これは遊びではない。ブレンダンとジェイラスのどちらか一方を選択するための賭けなのだから。

その後、図書室、撞球室《ビリヤード》、動力室などなど、色々な場所に改めて隠れ直しても、ふたりは同時にマリアンを見つけてしまっていた。ブレンダンとジェイラスは、次にマリアンが隠れそうな場所を予測して、簡単に当ててしまう。結局は、この方法でどちらかを夫に決めるのは不可能だということで、最上階の部屋に戻ることになった。

その途中、ジェイラスが笑顔で手を差し伸べてくる。

「お手をどうぞ。お姫様」

マリアンがおずおずと手を取ると、反対側の手がブレンダンに摑まれた。

「他の男の手など、振り払え。君は私の妻になる女だと言っているだろう」

マリアンはどちらの手も解けなかった。……解きたくなかった。

ただ、ふたりに繋がれた手が、ひどく温かくて幸せで、不謹慎《ふきんしん》だと解っていても、胸がいっぱいになった。

＊＊　＊＊　＊＊

最上階の部屋に辿り着くと、ブレンダンがジャケットを脱ぎ、ネクタイを外し始める。

「……お父様……？」

マリアンは首を傾げる。着替えるのならば、部屋を出ていようと思い振り返ったとき、ジェイラスまでウエスト・コートやシャツを脱ぐ姿が見えた。

「お兄様も……。着替えるのなら、私は部屋の外に……」

逃げるように部屋を出ようとすると、ブレンダンの手が伸びてきて、マリアンの身に纏っているモスリンのドレスが、脱がされていく。

「な、なにを……」

「汗を掻いたからな、風呂に入るんだ。昔、一緒に入ってやったことがあるだろう」

次にブレンダンは手際よくコルセットを緩めていく。驚くほど慣れた手つきだ。

「それってどういうこと？　僕がマリアンをお風呂に入れてあげたいと言ったときは、猛反対したのに自分ばっかり陰でそんなことをしてたんだ？　ずるいよ」

聞き捨てならないとばかりに、ジェイラスが食ってかかってくる。

「お前はマリアンを見る目が、不穏《ふおん》だった」

「失礼だな」

「本当のことだ」

確か初めて出会ったときも、ジェイラスはマリアンをお風呂に入れようとしていた覚えがある。それをブレンダンがとめて、メイド頭に手伝いを頼んでくれたのだ。

ブレンダンがお風呂に入れたときは、仕方なく……と言った状況のときばかりだった。

雨上がりに中庭ではしゃいで水たまりにはまり、泥だらけになったマリアンを抱き上げてくれたり、ジュースを零して泣きじゃくるマリアンを宥めてくれたりしたときに、ブレンダンまで汚れてしまったのだ。それで一緒に入ることになった。

反省して落ち込んでいると、いつもジェイラスが慰めてくれた。すべて忘れたくない大切な思い出だ。

「これからは、僕がマリアンとふたりでお風呂に入るから、過去のことはいいけどね」

マリアンはもう子供ではない。立派な大人だ。男の人であるふたりと一緒にお風呂になんて入れない。

「いやっ、……私、ひとりで入るから」

逃げようとするマリアンの後ろから、ジェイラスが手を伸ばしてきて、ドロワーズの紐を解き始める。

「どうして？　一緒に入ろうよ」

「……そんな……、恥ずかしいことできない」

理由なんて、聞かなくても解るはずだ。

「いい傾向だな」

なぜかブレンダンは、しみじみとした様子で頷いてみせる。

「そうだよね。僕たちと一緒にベッドに入ることが平気だから、マリアンはお風呂ぐらい恥ずかしくないのかと思ってた」

ベッドは眠る場所だ。裸で入るお風呂と一緒にしないで欲しかった。

「お風呂とベッドを一緒にしないで……」

マリアンは真っ赤になって反論した。

「なにを言っている。女が男とベッドに入るのは、セックスを同意したようなものだ」

「え⁉」

「むしろ、『抱いて欲しい』って強請《ねだ》る行為だよね」

「う、嘘……」

そんなこと知らない。マリアンは三歳の頃から、ふたりと一緒のベッドで眠っていて、その延長で考えていたのだから。

「こうして嫌がられてることが嬉しいよ。僕たちのことをやっと男として見てくれてるってことだよね」

「それは……」

あんな淫らな行為を強いられたのだ。男性として見ないでいられるわけがない。それにマリアンは自分の恋心を自覚したばかりだ。羞恥に俯いていると、ふいにジェイラスに抱き上げられる。

「さあ、行こうか。お姫様。僕が隅々まで綺麗にしてあげる」

つまりジェイラスは、マリアンの身体を洗おうとしているらしかった。楽しげにウィンクされて、頭のなかが沸騰してしまいそうになった。

「自分で入るから、放してっ」

暴れて逃げようとすると、マリアンの身体を反対側からブレンダンが抱き上げて奪い去る。

「お前の手になど触れさせない。マリアンは私が洗ってやる。……慣れているからな」

「ちょっと腹が立ったかな。その科白《せりふ》」

「負け犬は黙って見ていろ」

ふたりはまるでお人形でも抱いているかのように、マリアンを軽々運んでいた。

こんなにも力強い男たちに囲まれて、逃げ出すなんて到底無理だった。

抵抗も虚しく、マリアンの身体は十人の大人が一度に入れそうなほど広いバスタブに運ばれてしまった。

アラブの宮殿かと疑うようなバスタブだ。大理石の丸いバスタブには、内側と外側に段差のある腰掛があり、お湯に浸かりながら、座れるようになっている。

たっぷりのお湯には、真っ赤な薔薇の花や花びらがいくつも浮かんでいた。

まるで新婚夫婦のために用意されたようなお風呂だ。

「いや、いや……っ。お父様、お兄様やめて、恥ずかしい」

ザバザバとお湯を掻き分けて、マリアンはふたりから遠ざかろうとした。しかし、すぐにブレンダンが前に回り込んでくる。

改めて目の当たりにしても、筋肉質で鍛《きた》えらえた身体だ。男らしく無駄な贅肉《ぜいにく》が一切ない。踵を返して反対側に逃げようとすると、そこにはジェイラスが立っていた。

線は細いが引き締まっていて、肌の白さのせいか、まるで美貌と強さを兼ね備えた神の彫像のように美しい体つきをしている。

そんな男たちに囲まれては、自分の身体がいっそう恥ずかしくなってしまう。

「いやっ、見ないで」

マリアンは胸と下肢を腕と手で覆って縮こまり、ふたりから身体を隠そうとした。

「どうした。君は綺麗な身体をしている。なにも恥ずかしがることなんてない」

ブレンダンからまじまじと観察する目つきを向けられて、低い声音で囁かれる。マリアンは顔から火を噴いてしまいそうだった。

「うん。とってもかわいいお尻。食べちゃいたくなるよ」

真っ赤になって震えていると、ジェイラスがお尻を撫でてきながらさらに追い打ちをかけてくる。

「やぁ……！」

バスタブの外に駆けだそうとするが、ジェイラスに腕を腰に回されて、身体を拘束されてしまう。これでは逃げられない。

「はい、兄さん。マリアンを綺麗にするのを手伝って」

「私が洗ってやるんだ。手伝うのはお前の方だ」

ふたりは薔薇のソープをたっぷり手にとると、マリアンの身体に掌《てのひら》で擦りつけ始めた。

先ほどまで言い争いばかりしていたのに、こんなときだけ、意気投合しないで欲しい。

「……いや、自分でできるのに……あ、あっ！」

ぬるついた手にお尻を撫でられて、ビクリと身体が跳ねる。

「……ふふ、かわいい声」

ふたりの手は、マリアンの肌の至るところを撫で回していたが、右腕になると途端に執拗に強く擦られてしまう。

「他の男に触られたところ、綺麗にしないとね」

アスター子爵にマリアンが腕を掴まれた話を、ジェイラスはまだ根に持っているらしかった。さっきもふたりがかりで掴まれた場所に、舌や唇を執拗に這わされたのに、まだ洗おうとしている様子だ。あまりの嫉妬深さに、マリアンは二度と他の男性に触れられないと固く心に誓った。

「も……そこは……」

「だーめ。もっと洗わないと気が済まない」

ぬるぬるとした感触が身体中に這う。ブレンダンとジェイラスの大きな掌は、躊躇いもなくマリアンの恥ずかしい場所まで辿ってくる。胸やお尻や、茂みの奥まで暴かれ、恥ずかしさのあまり涙が零れそうになってしまう。

「はぁ……、はぁ……っ、ん、んぅ……ふ。……そんなに、……な、なんども触らなくても、綺麗になってるはずなのに……っ」

感じる場所は特に念入りに指を擦りつけられた。ブレンダンはマリアンの豊満な胸を摑み、小さな突起を指の間に挟むようにして、柔肉をなんども揉んでくる。

「あ、あ、そんな……風に……触らないで……」

ジェイラスはマリアンのお尻や太腿を、弧を描くように撫でさすってくる。

太腿の付け根や腰に触れられると、淫らな声をあげてしまいそうになって、マリアンは切なく瞳を細める。

「そんな風って？　どういう触り方が嫌なのか、教えてくれないと解らないな。……ねえ、兄さんもそう思わないか」

「そうだな。マリアン。……私たちに詳しく教えてくれないか」

ふたりの手はさらに淫らな触り方になっていく。触り方なんて説明できるはずがない。

膝の上までたっぷりとお湯に浸かっているため、蒸気でいっそう頭がくらくらしてくる。

「や……やぁ……っ、いじわるしないで……手を放し……。ん、んぅ」

マリアンは息を乱しながら訴えようとした。しかし、ブレンダンに唇を塞がれて、言葉を発することができない。片腕で引き寄せられ、逃げられないまま、ぬるついた舌を押し込められてしまう。

「……ん、んふっ……」

ヌチュヌチュと舌を絡められている間にも、もう片方の手で乳首をコリコリと擦り立てられ、背後のジェイラスに秘裂を擦りつけられ始めた。

噎《む》せ返るほど薔薇のソープの匂いが漂う。

「く……っ、ん、んぅ……、やぁ……っ」

ジェイラスの長い指で、感じやすい媚肉や肉びらをぬるぬると擦りつけられると、腰が浮き上がりそうなほどの快感が湧き上がってくる。

「……や……んぅ……」

その感覚から逃れたくて、マリアンは懸命に身を捩った。

「逃げるな。じっとしろ。綺麗にするついでに、どちらが夫に相応しいか選ばせてやっているんだ」

こうしてふたりから同時にいやらしく弄られても、どちらを夫にしたいかなんて、解るはずがない。

「マリアンが望むだけ僕が気持ちよくしてあげる。いやらしいことされるのが好きだって言ってたよね」

マリアンは恥ずかしさのあまり泣きたくなってしまう。

「……だって、私、……あんなに感じてしまって……」

ブレンダンに抱かれたときも、ジェイラスに抱かれたときも、頭のなかが真っ白になるぐらい快感に溺れてしまっていた。だから、マリアンは、自分は母によく似ていて、男の人に抱かれるのが好きなのではないかと、考えてしまったのだ。

しかし、見知らぬ紳士に腕を摑まれただけで、錯乱してしまいそうなほど嫌悪感を抱いた。仄かな恋心を伝えてくれた首相の息子、ロイド・ブライスにも触れられたくない。

「快感を覚えたのは、お互いに愛し合っているからだと言っているだろう」

ブレンダンは、マリアンに繰り返し啄むような口づけを与えながら、甘く囁いてくる。

「それは僕のセリフだと思うけど？」

マリアンはブレンダンに抱かれたときも、ジェイラスに抱かれたときも感じてしまった。つまりは、ふたりとも愛しているからだということになる。

「……私、お父様もお兄様も……す、……好きで……」

マリアンはブレンダンとジェイラスを盗み見る。なんだか彼らがひどく眩しく見えて、息が苦しくなってしまう。

自覚してからは傍にいることが恥ずかしくて仕方がなかった。今までこんな男性たちに囲まれて、よく平然と暮らしていたものだと、呆れるぐらいだ。

「こんな男と同等か。忌々《いまいま》しい」

ブレンダンは憤慨した様子で、マリアンの頭上越しにジェイラスを睨みつけていた。

国中の女性が熱狂するほど、素敵な人たちなのだ。大切にしてもらっていたマリアンが、自分でも気づかないままに恋に落ちていても、仕方がない話なのかもしれない。

「……ところで、マリアンはどうして仕事を探そうとしたんだい。そんなに僕たちから逃げたかった?」

ジェイラスは、恨みがましげな声で尋ねてくる。彼の邸から逃げたようなものなのだから、不愉快に思われるのも無理はない。

「……お母様のお薬代を稼ごうと思って……、ふたりにこれ以上迷惑はかけられないから」

マリアンはグリムレット家にお金を都合してもらうためにやって来ていた母を見つけ、娘である自分がなんとかしなければいけないと思ったのだ。母は薬が必要だと言っていた。放ってはおけない。だから、マリアンは働き先を探していた。

「君が他の男に抱かれること以上に、迷惑なことなどありはしない。街で私から逃げた罰も、あとでたっぷり与えるからな」

あのとき、やはりブレンダンはマリアンを見つけていたらしい。そして、こちらに向かって駆けてきていたのだ。申し訳なくて俯いていると、ブレンダンは険しい表情でマリアンを見おろしてくる。

「……ごめんなさい……」

あのときは、ブレンダンが他の女性と結婚してしまうと思っていたから、どうしても顔を合わせたくなかったのだ。

「まったくだよ。呆れた子だよね。もしもあのまま、ローズ・サロンで身体を売っていたらと思うと、嫉妬で頭がおかしくなりそうだよ」

ジェイラスはマリアンの身体をギュッと抱きしめてくる。

「君が行方を晦《くら》ませたと聞いて、すぐに調べさせておいた。……勘違いしているようだが、君の母の欲しがっている薬は、病気に対するものではない。ドラッグだ。安易に金を与えてはいっそう身体を蝕《むしば》ませることになるだろう」

母が酒や男に溺れているのは知っていたが、そんなものにまで手を出していたとは、思ってもみなかった。マリアンは真っ青になってしまう。

「そんな……」

マリアンは働いてお金を稼いだとしても、余計に母のためにならないことしかできなかったということだ。

「……わ、私……」

本当は十三年ぶりに母に会ったときに、認めて欲しかったのだ。幼い頃に捨てた娘が、立派に役に立てる人間に育ったことを、知って欲しかった。

しかし、マリアンが成長した姿を見ても、母はなんの感慨も後悔も抱かず、都合のいい道具としか考えていなかったのだろう。だからこそ、ドラッグを得るためのお金を、引き出そうとしたのだ。

「もうロサリアは保護してある。きっちりと更生させるので、後はまかしておけ。今は無理でもいつか会わせてやれるようにしてやる」

「迷惑はかけられないなんて他人行儀なことを言っているけど、僕だって、マリアンの母さんとは親戚だし、なにも気にすることはなかったんだ。僕もちゃんと手を尽くすから、安心してお嫁においでよ」

今にも泣き崩れそうなマリアンを、ブレンダンとジェイラスは優しく抱きしめてくれる。

「……ありがとう……」

幼い頃から、こうしてふたりはマリアンに愛情を注いでくれていた。どちらもなくしたくない。それなのに、選ばなければならないのだろうか。

「選ばせてやる」

ブレンダンが真摯な眼差しをむけてくる。ついに選択を迫られるときがきたらしい。

「『捨てられてやる』……の間違いじゃないの？　僕とマリアンが愛し合うところ、そこで見ていたらいいよ。マリアン、僕を選んで」

答えを欲して、ブレンダンとジェイラスがこちらを見つめてくる。

マリアンは俯いたまま答えられない。しかし、いつまでもそうしているわけにはいかず、掠れた声で言い放つ。

「……どれだけ時間をかけても、ふたりのうちどちらか……なんて選べない……だから私、どこか他の国に行……」

いつまでも決められないでいるのは、彼らの迷惑にしかならない。だが、生涯かかっても、どちらが好きか……なんてマリアンに選べるわけがなかった。

たとえどちらかと結婚しても、もうひとりの名前を聞いてしまったら、どうしても会いたくなってしまう。写真でも姿を見てしまったら、泣きたくなってしまう。

そんな不誠実な花嫁を、彼らに結婚相手として迎えさせるわけにはいかない。

だからマリアンは、いっそふたりともに二度と会えなくなる場所に行ってしまおうと考えた。

――しかし。

「ん、んぅ……っ」

後ろから首を無理やり横に向けさせられ、ジェイラスに唇を塞がれた。これでは、話を続けることができなくなってしまう。

「そうか。マリアンは自分で認めるぐらいエッチな子だから、夫ひとりじゃ物足りなくて嫌なんだって」

「それは仕方がないな。それでは彼女を愛する者として、期待に添って満たしてやるしかない」

ブレンダンとジェイラスがなにを言っているのか解らず、マリアンは目を丸くしていた。

「まさか選べないからって、僕たち両方から逃げようとするとは思わなかったな。最悪の選択だよ」

呆れたような声で呟くと、ジェイラスは溜息を吐いてみせる。

「私たちに逆らった者がどうなるのか、きっちり再教育する必要があるな」

仲が悪かったはずのブレンダンとジェイラスは、完全に徒党を組んでしまっていた。

そして、マリアンに不穏な眼差しをむけてくる。

「選べないなら、選ばずに結婚してもらうしかないね」

「仕方あるまい」

いったい、なにがどうなってしまったのだろうか。マリアンはまったく意味が解らず首を傾げるしかない。

「……私たちふたりは、共に君の夫になることを決めた」

とつぜんの宣言に、マリアンは呼吸の仕方まで忘れて、呆然としてしまう。

「法律ぐらい変えればいいし。簡単なことだけど。すごいね。マリアン、僕たちふたりを夫にするなんて、この世で君しかできることじゃないよ」

「一週間だ。それ以上は待たせない。首相というちょうどいい手駒もある。使わせてもらう」

手駒と言うのは、もしかして、マリアンと息子の交際を申し込んできたことに腹を立てて、自分たちが失脚させようとしている首相を復権させる手助けをする代わりに、言いなりにさせようとしているのだろうか。だとすれば、悪魔の所業だ。

マリアンは狼狽しすぎて、頭の許容範囲を完全にオーバーしてしまっていた。しかし、次のジェイラスの言葉で、嫌でも理解してしまう。

「伴侶をふたりも得るなんて、マリアンってば、アラブの王様みたいだね。僕たちふたりとも夫になったら、ベッドで毎晩サーヴィスするから、たっぷりかわいがってよ」

どうやらヴィオレート国で一番の大富豪兄弟である、ブレンダン・レインと、ジェイラス・グリムレットは、ふたりして養い子であるマリアンの夫の座に納まろうとしているらしい。国中の女性に結婚を求められているにもかかわらず。

もちろん、現在我が国で複婚は許可されていない。それを、法律を変えてまで強行しようとしているのだ。無謀にもほどがある計画だ。

しかし彼らが言うと、冗談には聞こえない。本当にやりかねなかった。

「もう選ばなくていいから、質問に答えて。……マリアンが誰よりも愛しているのは誰？　もちろん男としてだよ」

マリアンが愛しているのは、この世でふたりだけだ。

「……お父様と、……お兄様……」

マリアンは真っ赤になりながらも答えた。もう疑いようもない。マリアンが好きなのは、家族だと思っていたふたりだ。

「それなら問題ないな。マリアン、我々ふたりを所有してもらおうか。ふん。……ようやく毎晩、生殺しにされてきた責任を取ってもらえるのか。ありがたいことだ」

もらって欲しいとお願いされているようにも聞こえるが、拒否権はない。脅されているも同然だった。

「もちろん、毎晩公平に兄さんと同じ数だけ抱かせてくれるんだよね。……実は僕……、けっこう性欲強くて……。……泣かせたらごめんね？　でもひとりに決めなかったマリアンが悪いんだからしょうがないか」

先に謝られても困る。性欲が強いと宣言された挙句に、ふたりに同じ数だけ抱かれていては、ぜったいに壊れてしまう。

「……や、やっぱり……私、少し考えさせて……欲しいかも……しれない……」

躊躇いがちに答えると、ブレンダンが薄く笑ってみせる。皮肉気にあげられた口角が、ひどく恐ろしく見えるのはなぜなのだろうか。

「いくら考えても同じだ。私から逃げたいならひとつだけ選ばせてやる。……檻に入るのと、首輪をかけられるのは、どちらが好みだ」

どっちもお断りしたかった。助けを求めるようにジェイラスを振り返ると、彼は艶然とした微笑みを向けてくる。

「外国に行けないように、身分証もなにもかも取り上げておかないとね。あとは、僕たちがいないと生きて行けないぐらい、身体に教え込んであげるべきかな」

――もうこれ以上、ふたりから教わることはなにもないと思いたかった。

「……や……やぁ……っ」

ふるふると首を横に振って逃げようとすると、ブレンダンが、マリアンの身体についた泡をお湯で流し始める。すると身体を覆っていた泡が落ちてしまい、胸や身体のラインがすべて露わになっていく。

「……もう綺麗になったから、お風呂から出る」

身体を手で隠して、逃げようとすると、ブレンダンがマリアンの細腰に腕を回して、首筋に唇を寄せてくる。

「まだ隅々まで綺麗にしてないだろう。髪も、耳の後ろも洗ってないはずだ」

そう言いながら、ブレンダンはマリアンの耳裏にまで舌を這わせ始めた。

「あっ！　や……、……んんっ……っ」

くすぐったい感触に身を捩ると、筋肉質な彼の胸に硬く凝った乳首の先端が擦れて、ビクビクと身体が跳ねてしまう。こうして裸のまま抱きしめられるのは初めてのことで、ひどく恥ずかしくてならない。

「そうだよ、マリアン。ちゃんと、この奥も綺麗にしないとね」

マリアンが身体をすくめていると、足が開かされた。お尻の柔肉を左右にグッと割り拡げられ、背後で跪いたジェイラスが、マリアンの下肢の中心に顔を埋めてくる。

「あっ……！　お兄様……そこは……っ」

たっぷりと唾液に濡れた熱い舌が、マリアンの秘裂をねっとりと舐め上げていく。肉びらの奥の花芯を舌先で捉えると、ジェイラスは痛いぐらいに吸い上げたり扶ったりしてくる。

「……ふぁ……っ、あぁ……っ！」

大きく仰け反らせた背中をブレンダンの巧みな指が這っていく。快感を覚え始めたばかりの身体に、女の身体を知り尽くした男たちから愛撫を与えられては堪らなかった。

「おかしいな。洗っても洗っても、甘い蜜が零れてくるよ」

背筋に甘い痺れが走り抜け、ガクガクと膝が震える。

しかし、腰に腕を回され、足を抱えらえた状態では、膝を折ることはできない。

艶めかしく腰を揺らしながら、マリアンはブレンダンの首筋に縋りつく。

「はぁ……はふ……っ」

彼の首筋に熱い吐息を吐きかけると、ブレンダンは情欲の火が灯されたようにマリアンの肌にむしゃぶりついてくる。

「マリアン……、あぁ……」

チュッと痛いぐらい首筋を吸われて、身震いが走り抜けていく。

「……あっ、あっ、お父様……。や……っ。どうしたの……っ」

彼の息は荒く、頬が紅潮しているようにも見えた。

「意外だな、兄さんって首が弱いんだね。舐めてあげなよ、マリアン。……そこ、すごく気持ちいいんだって」

「わ、私が……?」

快感に身悶えながらもマリアンは、ブレンダンをジッと見つめた。すると、彼が情欲に潤んだ瞳をしていることに気づいて息を呑む。

もっと、感じさせてみたい。そんな欲求が湧き上がっていた。

「……ん……」

マリアンはジェイラスに言われた通りに、ブレンダンの首筋に唇を寄せた。彼の肌を唇が掠める。すると、たったそれだけで彼はヒクリと身体を引き攣らせた。

「こら……っ、マリアン。あんな奴の言いなりになるな」

いつもは厳めしいぐらい清廉なブレンダンが、感じているのだと思うと、ゾクゾクとした欲求に昂ってしまう。

「お父様、ここ、気持ちいいの？」

チュッと肌を吸うと、ブレンダンの乱れた息遣いが耳に届いた。場所を変えて、もう一度吸い上げる。彼は、さらに頬を紅潮させていた。義父のそんな感じ入った顔を見たのは初めてで、マリアンは吸い上げる行為が止まらなくなってしまう。

「……ん、んぅ……っ。……ふ……ちゅ」

意外と滑らかなブレンダンの肌を吸い上げ、そして、小さな舌先で舐め上げる。するとブレンダンは微かに身悶えながら、掠れた呻きを漏らした。

「マリアンッ！」

ブレンダンの腕で、無理やり顔が力強く引き剝がされた。

「はぁ……はぁ……」

彼は情欲に満ちた眼差しでマリアンをじっと見つめてくる。そして、とつぜん火を点けられたように胸の膨らみに顔を埋め、マリアンの乳首を咥えこむと、夢中になって扱き上げてくる。

「あっ、あっ！」

乳首だけではない。ジェイラスの蠢く舌が、マリアンの秘裂に隠されていた包皮を剥いて花芯をクリクリと抉ってくる。

感じやすい場所を、ふたりから同時に攻め立てられて、身体の芯から艶めかしい愉悦に震えてしまう。

「ん、んぅ……、いいよ。……僕も、マリアンの舐めてるだけで、勃ちそう」

確かジェイラスは舌が弱いと言っていた。彼はマリアンのいやらしい突起を舐めるたびに、昂っているのか、媚肉に吹きかける息が、熱くなっていく。

「ん……、んふ……っ、あぁっ！」

マリアンが赤い唇を開いて、一際高い嬌声を漏らしたとき、蜜口にジェイラスの指が押し込まれてくる。

「蕩けそうな顔をしているな。……早く挿れて欲しいのか？」

甘く掠れた声でブレンダンにそう囁かれ、マリアンは恥じらいながら睫毛を伏せる。しかし、そのとき、ヌルリとした感触が、蜜口のさらに奥まで辿って、そのまま閉ざした窄まりに指が押し込まれていく。

「……やぁ……っ、お兄様……、そこは……違うっ」

ジェイラスは、たっぷりとソープをつけた指で、こともあろうにマリアンの後孔を貫いてきたのだ。膣肉の後ろ側に、指が押し込められる感触に、ガクガクと腰が揺れてしまう。狭い窄《すぼ》まりが押し広げられ、恐ろしさに逃げようとするが、さらに奥へと指が穿たれていく。

「あぅ……っ」

そこは排泄器官であって、指を挿れるような場所ではない。マリアンは恐怖に瞳を濡らしながら、肩口を揺らした。

「いやっ、いやっ……。お兄様……指……、抜いて……っ」

しかし懸命に訴えても、ジェイラスは言うことを聞いてはくれない。それどころか、柔襞を拡げるように、大きく指を旋回し始めてしまう。

「……ひっ……ぅ……ンンッ……、はぁ……あ、あぁ……そこはいや……」

蜜孔と後孔を同時にグチュヌチュと掻き回され、マリアンは身悶えながら、ブレンダンの肩口に縋りつく。

「なにをしている。ジェイラス」

呆れたようにブレンダンは尋ねながらも、マリアンの乳首を咥えこみ、いやらしく身体を弄る手をとめようとしない。

「僕にだって、マリアンの初めてをもらう権利はあるんじゃないかな。キスもフェラチオも初めてをもらったけど、やっぱり処女が欲しいよね」

どうやらジェイラスは弄るだけでは飽き足らず、マリアンの後孔を犯そうとしているらしかった。

「……しないで……、そんなこと……、しないで……っ」

マリアンはお尻を揺らして、ジェイラスから逃れようとした。しかし、彼はソープにぬめる指でぱっくりと襞を開いてくる。

「お尻……いやぁ……」

息を乱しながら訴えるが、たっぷりのソープを使って内壁を掻き回されているため、痛みはなく、内襞を同時に嬲られる感触に、腰を揺らすばかりだった。

「ふ……。……残念だがキスは私の方が早い。マリアンが邸に初めてやってきた夜、泣いて縋りつかれたときに、私は唇を奪われたからな」

ブレンダンが勝ち誇ったように告げると、いきなり指が二本ずつに増やされた。

「あうっ！　ん、んぅ……っ‼」

ジェイラスは先ほどまでの探りながらそっと襞を引き伸ばす動きから、膣肉と窄まりを攻め立てるような激しさでグチュグチュと指を掻き回してくる。

「……いや……っ、そんな激しく……しないで……っ」

泣きじゃくりながら訴えるが、ジェイラスの手は止まらない。もう片方の手でマリアンの胸をいやらしく揉みあげ、濡孔を掻き回す動きを繰り返していく。

「んんっ、んぅ……っ。お兄様……指……抜い……、あ、あぁっ」

直腸と膣を体内で擦りあわすように攻め立てられ、身体がのたうつ。

「へえ。初耳だよ……そんなこと。……ふ、ふふ」

蜜孔と後洞を同時に擦り上げられるたびに、マリアンはぶるぶると内腿を震わせてしまっていた。

「はぁ……はぇ……、も、いや、ぐちゅぐちゅしないで……。そんなところ、弄らないで……。や……なの……」

嫌なのに、怖いのに、ひどく身体が昂って、息が乱れてしまう。

「こんなに腹が立ったのは初めてかな。……ごめんね。マリアン、なにがなんでも、お尻の処女、もらうことにするから」

そう宣言したジェイラスは、マリアンの下肢を嬲っていた指をぬぶりと引き抜く。

内壁を掻き回していた指がとつぜんなくなってしまうと、ぞくりと身体が痺れて、頽《くずお》れてしまいそうになる。

「……あ……っ」

ガクガクと膝を震わせながら、マリアンが目の前にいるブレンダンに寄りかかると、ぐっと身体が抱き起こされる。

ジェイラスは、ぐったりとしているマリアンを背後から両脚を抱えるようにして足を開かせると、窄まりに硬い亀頭を押しつけてきた。

彼は本当に、マリアンの後孔を犯すつもりでいるらしい。

マリアンは懸命に首を横に振って訴えた。

「お兄様……、や、やめて……っ」

しかし、ジェイラスは許してくれる様子はなかった。肌を薄紅色に染めて、震えるマリアンを放そうとしない。

「だーめ。ごめんね。でもマリアンが悪いんだよ。よりによって、兄さんに自分からファーストキスを捧げるなんて」

どうやら彼は、マリアンのファーストキスも処女も、ブレンダンに奪われたことが許せないらしかった。

まだ三歳の頃の話だ。キスだなんていう意識もなければ、記憶もない。大人になってから、初めての口づけでいきなり、舌を絡めてきたジェイラスに、怒る権利などない気がするのだが、今の彼は、マリアンの話を聞いてくれそうにない。

「ほら、マリアン。僕に後ろの処女を奪われるところ、兄さんに見てもらおうか」

肉棒の上に腰を落とさせられる格好で、グッと秘肉が割り拡げられていく。その様子を、ブレンダンは呆れたように眺めていた。

「我が弟ながら、仕方のない獣《けだもの》だな」

ジェイラスの熱く滾った肉茎が、ソープのぬめりを纏わせながら、蠕動する襞を割って入り込んでくる。

「……ん、んぅっ、……ひ……ぅ……っ、あ、あぁっ！」

圧迫感にマリアンは堪えられず、前のめりになると、ブレンダンが身体を抱き留めてくれる。そのままブレンダンにぎゅうぎゅうとしがみついた。

「私にも抱いて欲しいのか？　まったくマリアンは貪欲でいやらしい子だな」

すると、今度はブレンダンが、ヒクヒクと震えた蜜孔に硬い亀頭を穿ってくる。

「え!?　一度になんて、……無……理……、だめ、だめ……っ、あ、あぁ、あ、あぁっ！」

マリアンの手首ほどあるのではないかと疑うほど太く長い肉棒が、同時にマリアンの膣孔と菊門を突き上げてくる。

両方を受け入れさせられたせいで、会陰が押しつけられ、内壁がグリグリと圧迫され擦りつけられていた。

「……ん、んぅ……ぁ……っ。壊れ……ちゃ……っ、あ、あぁっ」

グチュヌチュと激しく肉棒が抽送されていく。ふたりからいやらしく腰を押し回され、快感から逃れようもない身体が、撫でさすられる。

「ビクビク震えている。マリアン、かわいい。ぬるぬるなのに、……こんなに……、お尻も締まって、すごくいいよ」

甘い疼きが肌を熱く高ぶらせ、いっそう襞が収縮していた。きゅんきゅんと切なく窄まる濡襞の入り口まで、嵩高い亀頭が引きずり出されては、子宮口を抉るように深くまで突き上げられていく。

「前よりも、襞が咥えこむようにうねってるな。……男をふたりも手玉にとって、そんなに感じているのか」

押し開かれた淫唇が、唾液と蜜に塗れた鋭敏な肉粒を引き攣らせて、いっそう快感を迫り上げていた。

「はぁ、はぁ……。し、知らない……っ、……こんなの……こんなのっ、あっ、あっ」

熱く乱れる息を吐き出すマリアンの咽頭が震える。ふたりの灼けた肉棒を咥えこまされ、昂る身体を押しつけられた状態で、マリアンは熱に浮かされたように身悶えていた。

「好きだよ、マリアン。こうされるの、いや？　ねぇ、いいよね。……僕は、最高だよ」

グチュグチュと突き上げられ、汗が流れ落ちる。身体が熱くて堪らなかった。

「も……ッ、ばかぁ……っ。……お、……お兄……様……なんて……あ、あ、あぁっ」

お尻に淫らな肉棒を突き上げられ、好き勝手に揺さぶられて、気持ちいいなんて思えるわけがない。嫌に決まっている。それなのに、脈動する肉棒を穿たれ、引き摺り出されるたびに、ゾクゾクと打ち震えてしまう。

「好き、だよね」

こんなことをする義兄ジェイラスなんて、嫌いだ。そう言いたい。それなのに、口を衝いて出たのは――。

「……す、……好き……」

マリアンの唇から零れ落ちたのは、甘い愛の言葉だった。

「ちっ」

それを聞いたブレンダンが、忌々しそうに舌打ちする。

「……兄さん。もしかして、マリアンに僕を嫌わせようとして、後ろを犯すこと見逃した？」

まさか。そんなことがあるはずがない。しかし、マリアンが嫌がっているのを、目の前に見ながら、ブレンダンが傍観していたことなど、かつてなかった。

「さあな」

ブレンダンの嘲るように笑う声こそが、ジェイラスの推測が間違っていなかったことの証明だった。

「あ、あっ……。ん、んぅ……も、もうっ、ひどいっ……っ」

ブレンダンに縋りついたままの恰好で、マリアンは彼の背中をポカリと叩いた。すると、唇が奪われて、艶めかしく蠢く舌に口腔を掻き回されていく。

「……ん、んぅ……ふぅ……っ」

気持ちいい。

ぬるついた感触にゾクゾクする。もっと、舌を合わせて、呼吸も唾液も吸いつくして。熱く滾《たぎ》った肉棒で、濡襞を擦りつけ、なにも考えられないぐらいに、突き上げて欲しかった。

「あ、あ、あっ、ど……ど、どうしよ……っ」

グチュグチュと膨れ上がった雄が熱い襞を押し開き、引き摺り出されていく。もっと強く、もっと掻き回して。快感に支配された身体が、貪欲にふたりの熱を求めて、無意識に腰をくねらせてしまう。

「マリアン。私のことを愛しているだろう」

擦れ合う肌が熱くて、いっそなにもかも境目が解らなくなるほど、溶け合ってしまいたくなる。

「……あ、愛してるっ……んぁっ！」

頭のなかが朦朧《もうろう》とかすんで、マリアンは高みに浮遊するような愉悦に蕩けてしまいそうになっていた。

「僕のことも愛している？」

ジェイラスが、掠れた声で耳元に囁いてくる。乱れた吐息が首筋にかかって、マリアンはビクンと大きく身体を引き攣らせた。

「……うん、んぅっ……」

ガクガクと頷くと、切ない声音で懇願される。快感に収縮した襞が、ジュプヌブッと激しく突き上げられ、擦りつけられていく。

「……お願い。……僕のこと、愛しているって、言葉にして……」

切なさと愛しさと劣情に胸がいっぱいになってしまって、感じるのはブレンダンとジェイラスの熱と、声と、体温と、匂いと、そればかりで、他にはもうなにも考えられなくなっていく。

「……だいすき……、あ、愛してる……、ふたりとも、好き……っ」

なくしたくない。放したくない。

ふたりはずっと、今までもこれからも、自分だけのものだ。心からそう願う。

「まったく、貪欲でエッチで、どうしようもないぐらいかわいいお姫様だね。大好きだよ。僕が誰よりも幸せにしてあげる」

甘く囁きながら、汗ばんだ肌が、愛おしげに吸い上げられていく。その甘い痺れに、いっそう身体が昂る。

「マリアン。……この世のすべてを与えてやる。私にはその力がある。だから……、もっとその身体に溺れさせてくれ」

そうして、最奥がまでふたりの肉棒が突き上げられ、身体のなかで強く脈動を感じた瞬間――。

「あ、あ、あぁっ……！」

快感に収斂《しゅうれん》する肉襞に、義父と義兄の熱く激しい奔流が注ぎ込まれた。

エピローグ　ベイビー・シュガー・ドール

国の産業・商業のすべてを牛耳っているレイン家と王家の懐刀であるグリムレット家が手を組んだ結果、不可能などなかった。ブレンダンとジェイラスは、本当に法律を変えさせて複婚を可能にしてしまったのだ。

もちろん、結婚詐欺や混乱を避けるために、数多くの条件を備えた者だけが、複婚することができるようになっている。マリアンもその条件の書かれた分厚い書類に目を通したのだが、これでは国王や上流階級のごく一部の人間にしか当てはまらないと言いきれるほど、過酷な条件だった。

マリアンの口添《くちぞ》えで、一時は失脚させようとしていた首相に恩を売ったことも、うまくことを運んだ要因だ。だが、反対する議員たちも数多くいたらしい。それをジェイラスが裏から手を回し、反対勢力たちの個々の弱みにつけ込んで脅したというのだから、呆れるしかない。

ふたりは豪華客船の教会で、結婚式を挙げてくれた。純白の美しいウェディング・ドレスを身に纏ったマリアンの左右に立ち、ブレンダンは漆黒のタキシードに白薔薇を胸に飾った姿、ジェイラスは純白のタキシードに赤薔薇を胸に飾った姿だった。

彼らの結婚に、国中の女性たちが嘆き悲しんだと聞いている。しかも、ふたりから同時に溺愛され、切望するあまり法律まで変えさせたというマリアンは、王女以上に有名な女性にされてしまっている。

「法律を変えるぐらい仕方ないよね。だって、マリアンと結婚したかったんだ」

当たり前のようにジェイラスは言ってのけた。

「容易なことだ。問題ない。世の中の九割以上の事項は金で解決するようにできている」

ふたりの価値観にはあらためて驚かされるばかりだった。

「残りの一割は、なにが解決するの？」

マリアンは不思議に思って尋ねた。すると――。

「もちろん、愛だよ」

「とうぜん、愛だな」

珍しくふたりして声を揃えて言い返してきたのは記憶に新しい。

今日は王宮で舞踏会が行われることになっていた。社交界デビュー前にふたりと結婚したマリアンも、ついに正式なお披露目の日を迎えることになった。

町の噂ではマリアンは、ブレンダンとジェイラスという国でもっとも結婚したい男性を同時に手玉に取り、挙句《あげく》に法律まで変えさせた奇跡の美女ということになっているらしい。

そんな状況で、貧相な姿を晒したらきっと皆にがっかりされてしまうに違いなかった。

マリアンは長い時間、化粧室に閉じこもって準備していたのだが、舞踏会へ行くことが憂鬱で外に出ることができない。

じっと鏡を見つめる。

身に纏っているコバルトブルーのシフォンドレスは、ブレンダンとジェイラスのふたりの趣味を合わせて作られたものだ。

大きく開いたデコルテと、銀糸で織り込まれた美しい薔薇、ウエストを強調したラインはブレンダンの希望だ。ふんわりとしたスカートや薔薇のボビンレースやたっぷりとしたフリルはジェイラスの希望を取り入れている。ティアラ、ネックレス、イヤリング、ブレスレット、ブローチの一揃いのパリュールはダイヤモンド製だ。大粒の宝石を見れば、そう簡単に手に入れられるような品ではないことがわかる。あまりの豪奢さに、マリアンは留め金を持つ手が震えてしまった。

マリアンは昔から数多くの宝石をふたりから贈られていたが、小箪笥《コモード》のなかにしまわれていつも陽の目を見ることはなかった。しかし、今日はドレスとともにつけるように命じられたので、逃れようがなかった。

妻が美しく装おうことができなければ、夫にそれだけの財力がないとみなされたり、不自由をさせているのではないかと、嘲笑されたりするものらしい。

……とは言っても、この国中を探しても、ブレンダンとジェイラスに対して、財力がないと嘲笑できる者などいない気がする。

「マリアン。支度は済んだ？　髪をアップにするなら手伝うよ。入ってもいい？」

痺れを切らしたジェイラスが、扉の向こうから声をかけてくる。

「女の支度を急かすのは、男の狭量さを露見するだけだと思うが？」

「そんなことを言っているけど、兄さんだって、新聞のページがさっきから一度も変わってないよ。もう読み飽きているくせに」

今にも喧嘩を始めてしまいそうなブレンダンとジェイラスの声が聞こえてくると、マリアンもさすがに申し訳なくなってくる。さすがに諦めて外に出た方がよさそうだった。

「……待たせてごめんなさい。髪は自分で纏めてみたんだけど……どう？」

気恥ずかしさを抑えて、マリアンは化粧室から外に出る。すると、ふたりはしばしの間、言葉もなく息を呑む。

「素晴らしい。地に舞い降りた女神のように美しい君を、妻に娶れたことを天に感謝しなければ」

そう言ってブレンダンはソファーから立ち上がると、マリアンの手を取り、優雅に口づけてくる。

普段は寡黙なブレンダンからの賛美に、マリアンは真っ赤になってしまう。

「とっても綺麗だよ。他の男になんて見せたくないな。ベッドに閉じ込めて、僕だけのものにしてしまいたいよ」

マリアンの腰にそっと手を回したジェイラスは、優しく頬に口づけてくる。

「……お世辞なんて言わないで……。私、舞踏会でふたりに恥を掻かせてしまうかも」

しょんぼりとマリアンが俯くと、ブレンダンに反対側から引き寄せられた。彼がいつも纏っている濃密で甘い官能的な香りが鼻孔をくすぐる。

「こんな美しく心優しい妻を得られたのだ。羨《うらや》まれることはあっても、嘲笑われることなどあり得ない。……君が傍にいてくれることが私の幸せだ。愛している」

耳元で甘く囁かないで欲しかった。マリアンは羞恥のあまり俯いたまま顔が上げられない。そんな彼女を、横から奪うようにしてジェイラスが自分の胸に閉じ込めようとしてくる。すると今度は大輪の薔薇のような華やかな芳香《ほうこう》が漂った。

「面白いことを言うね。マリアンを傷つける言動や視線を向けられる相手なんてこの国にはいないよ。なぜなら、この僕が許さないからね」

ブレンダンとジェイラスに奪い合うように挟まれてしまって、マリアンはどうしていいか解らない。

「その手を放せ。ジェイラス。……マリアンはそろそろ私という夫ひとりで充分だと気づき始めているはずだ」

「若いマリアンは、自分の倍以上も生きている男に、そろそろ嫌気が差してるんじゃないかな。兄さんは、空気を読んで身を引いたらどうかな」

ふたりは皮肉気に口角をあげた笑みを浮かべながら、睨み合っている。

「お父様も、お兄様も、喧嘩はやめて！」

喧嘩を仲裁しようとして、マリアンがとっさに声をあげる。すると、ふたりはとつぜんこちらを見つめてきた。

「マリアン、私はもう君の夫になったはずだ。名前を呼ぶべきだろう」

ブレンダンはそう言いながら、マリアンの頬に手を添えて、唇が触れそうなほど顔を近づけてくる。

「……ごめんなさい」

注意はしているつもりだ。でも三歳の頃から十三年もの間、そうやって呼んできたのだから、間違えるのも無理はない話だ。

「あの……、……ブレンダン……」

消え入りそうな声で、恥じらいながら名前を呼ぶと、ブレンダンはマリアンの唇を塞いで、淫らな口づけをしかけてくる。そんな風にキスされたら、塗ったばかりの口紅が移ってしまう。

「あっ、だめ……」

熱い吐息交じりの声で訴えると、ジェイラスがマリアンの首に腕を回してくる。

「ほら、兄さん。嫌がられてるんだから、離れなよ」

その言葉を聞いたブレンダンが、肉食の獣のような鋭い眼差しで、ジェイラスを睨みつける。しかし、彼は素知らぬ顔で笑ってみせた。

「僕のことも名前で呼んで？　マリアンが、禁断のいけないいけない関係みたいに呼んだ方が燃えるって言うなら話は別だけど」

マリアンはそんなことなど望んでいない。

「そんなこと望んでなんて……」

ふるふると頭を横に振って誤解を解こうとすると、頬にそっと口づけられた。

「じゃあ、呼んで。僕は君の愛する夫だよ。もう義兄じゃない」

確かにその通りだ。これからは気をつけなければ。

「ジェイラス……」

そっと名前を呼ぶと、今度はジェイラスが口づけようとしてくる。

「だ、だめ……口紅が……」

ブレンダンの濃密で甘い官能的な香りと、ジェイラスの華やかな薔薇の香りに挟まれていると、なんだかひどく肌が火照ってしまう。

「化粧なんてしなくても、君は綺麗だ」

ふたたび唇を奪おうとしながら、ブレンダンが甘く囁く。

「色が移るのが嫌なら、ぜんぶ舐め取ってあげようか？　僕に、そうして欲しい？」

ジェイラスの手が、艶めかしくウエストや胸の膨らみを弄り始めた。

「……え!?　……ん、んぅ……」

淫らな手つきに、ゾクリと身体が震える。肌を総毛立たせたマリアンの首筋に、ブレンダンが唇を寄せてくる。

マリアンは部屋に満ちている淫靡な空気に狼狽《ろうばい》しながら、彼らの顔を交互に見つめた。

「舞踏会に、行かないの？」

ブレンダンとジェイラスにそう尋ねると、彼らは薄く笑いながら、目配せし合う様子が見えた。

「こんな綺麗な君の姿を、他の男の目に映させるなんて許せそうにない」

「想像するだけで、嫉妬で胸が焼け焦げそう。だから、やっぱり僕の腕のなかに閉じ込めてもいい？」

まったく違う言葉を発していても、話している内容はまったく同じだ。いつも仲が悪いのに、こんな時だけ結託するのだから、まったく性質が悪いとしか言いようがない。

「ベッドに行くか」

ブレンダンが甘く囁いてくる。そのまま耳朶を濡れた舌でねっとりと舐め上げられ、マリアンは首をすくめる。

「……い、行かない」

まだ眠るような時間ではない。こんな早い時間にベッドに入ったら、加減もなく身体を貪られてしまうのは目に見えている。

舞踏会に行きたいわけではなかったが、寝室に行くのは遠慮したかった。

「立ったまま抱いて欲しいんだ？　それともソファーがいいってこと？　いいよ。どこでも好きな場所でマリアンのこと、気持ちよくしてあげるから」

今度はジェイラスが蠱惑的な声で誘いをかけてくる。

揚げ足を取らないで欲しい。ベッドに行きたくないからといって、ここで抱かれたいわけではなかった。

マリアンがふたりを涙目で睨みつける。

「しなくていいっ」

ぷいっと顔を逸らして、ふたりの間から逃げ出そうとした。すると、ブレンダンがドレスのリボンを解き始めてしまう。

「……あっ」

慌ててその手をとめようとすると、ふうっと熱い息を耳朶に吹きかけられた。

「私に抱かれる以上に、大切なことでもあるのか」

「もしかして、夫ふたりじゃ足りなくて、舞踏会で他の男たちまで誘惑しようとしてるの？　なんて悪い子なんだろう。マリアンは」

国王主催の舞踏会は、貴族たちにとっての大切な社交場のはずだ。それを妻への欲情を優先して無下《むげ》にするなんて、不敬にもほどがある。しかし、そんな身勝手が通用してしまうのが、このブレンダンとジェイラスという男たちだ。

まだ三歳の頃から、ふたりと暮らしてきたマリアンだからこそ、彼らは望みを決して曲げないということを深く思い知っている。

もう逃れようがない。

マリアンも、ふたりを受け入れて妻になることを了承してしまったのだから。

「……あの……ジェイラス、ブレンダン……」

名前を呼ぶと、ふたりは陶酔した表情で、マリアンに身体を摺り寄せてくる。

「あまり激しくしないで……、私、……優しく……愛されたい……」

真っ赤になって願いを言うと、いきなりブレンダンに抱き上げられてしまう。

「無理だな」

「今のは逆効果だよ。残念。無茶苦茶に乱したくなった。兄さんも同じ気持ちじゃないかな。まったくマリアンは、男を煽るのが上手ないけない子だね」

どうしてお願いを言っただけなのに、まるで淫らな誘いをかけたかのようないわれようをされなければならないのだろうか。

「え⁉　えぇ⁉」

そのまま寝室の方へと運ばれていくことになる。扉を開けて、誰にも邪魔されないように鍵をかけたのはジェイラスだ。

ベッドにおろされるとマリアンは、欲情した獣のようなふたりに取り囲まれてしまった。

「愛している。欲しいものならすべて手にいれてやる。だから、君は私を心から求め、愛してくれ」

ドレスのホックまで外され始めてしまっては逃れようがなかった。

「無理強いばかりさせてごめん。でも、……マリアンがかわい過ぎるのが、悪いよね。だから、僕をこんなに欲情させた責任とってもらうから」

ふたりの兄弟たちは、性質の悪い笑みを浮かべながら、マリアンの身体を弄り始める。

溢れるほどの愛情を受けマリアンは、気恥ずかしさに頬を染めながらも、夫たちの頬にそっと口づけた。お返しのキスは息もできないほど激しくて、なにもかも奪われ、そして満たされるのを感じる。

寝室のうえには、幼い頃にブレンダンにもらったクマのぬいぐるみがあり、その首には修理された金のミニチュア懐中時計のネックレスがかかっている。

マリアンが初めてふたりから与えられた幸せの象徴は、今日も愛し合う三人を優しく見守ってくれていた――。

あとがき

初めましての方も、いつも読んでくださる方もありがとうございます。仁賀奈《にがな》です。今回は育ての親と兄に源氏物語《げんじものがたり》紫《むらさき》の上《うえ》風にぱっくり食べられちゃう3P。それをアピールするために、ヒロインの瞳を紫にしてみました。（さすがに髪は紫にできないから）なので配色がレナルドと同じなのは見逃してください（遠い目）。血の繋がりがないうえに、ヒーロー同士が兄弟です（笑）。『お父様、お兄様、お願いやめてっ』ってやりたかったパッションで作っています（迷惑）。犯罪紛《まが》いって楽しいね！　少しでも楽しんで戴けると幸いです。

今回は相葉《あいば》キョウコ先生に挿絵をお願いできました。もうそこに存在するだけで色っぽいイラストの数々に、もんどりうちながらトキめかせて戴きました。出来上がりが楽しみです。相葉先生本当にありがとうございました！　そして今回も担当様には大変ご迷惑をおかけしています。そのうち金色の饅頭《まんじゅう》を贈る必要があるのではないかと心から焦っております。袖《そで》の下は出世払いか分割でいつかきっと（汗）。そして最後になりましたが、腹黒万歳！　でも今回腹黒っていうより変態だったよね（目逸らし）。細かいことは突っ込んじゃダメだ！（自分で言うたんやないか）読んでくださりありがとうございました！

Baby《ベイビー》 Doll《ドール》

ティアラ文庫をお買いあげいただき、ありがとうございます。
この作品を読んでのご意見·ご感想をお待ちしております。

✦ ファンレターの宛先 ✦
〒102-0072　東京都千代田区飯田橋3-3-1
プランタン出版　ティアラ文庫編集部気付
仁賀奈先生係／相葉キョウコ先生係

ティアラ文庫WEBサイト
http://www.tiarabunko.jp/

著者──仁賀奈（にがな）
挿絵──相葉キョウコ（あいば　きょうこ）
発行──プランタン出版
発売──フランス書院
〒102-0072　東京都千代田区飯田橋3-3-1
電話(営業)03-5226-5744
(編集)03-5226-5742
印刷──誠宏印刷
製本──若林製本工場

ISBN978-4-8296-6667-8 C0193
© NIGANA,KYOKO AIBA Printed in Japan.
本書のコピー、スキャン、デジタル化等の無断複製は著作権法上での例外を除き禁じられています。
本書を代行業者等の第三者に依頼してスキャンやデジタル化することは、
たとえ個人や家庭内での利用であっても著作権法上認められておりません。
落丁·乱丁本は当社営業部宛にお送りください。お取替えいたします。
定価·発行日はカバーに表示してあります。

ティアラ文庫

Tia6580

♥ 好評発売中! ♥